rendez-vous du ponton 34. Vos ennemis seront cueillis délicatement et la question sera réglée, Mademoiselle Cora hors d'atteinte, les sacs rendus à leurs possesseur et les bandits capturés.

—63—

» Le Capitaine se promenait de long en large, d'un air soucieux. Sa colère ne s'apaisait pas. En fin de compte, il éclata et frappa du pied:

- Non, non, non! . Ce système serait déplorable. La présence de la police avertirait l'ennemi d'avoir à se méfier. Personne ne viendra au rendez-vous. (La menace ne serait que suspendue, et les bandits demeureraient inaccessibles. Personne ne viendra au rendez-vous, croyez-moi: ils n'y attendent que la rançon.

- En ce cas, votre plan, mon Capitaine ?

Il mit ses mains dans ses poches :

- Je n'en ai pas et n'en veux pas avoir avant le moment venu. Je vous supplie, Monsieur le Juge, de ne pas me gêner par des interventions qui pourraient tout compromettre.

- Tout de même, tout de même, insista . Barvier. Refuser l'aide de la police...

- C'est zéro.

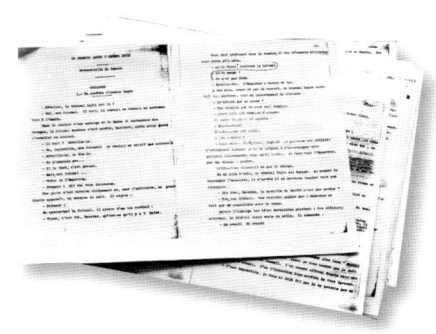

모리스 르블랑 사후 70년 만에야 세상에 나온 『아르센 뤼팽의 마지막 사랑』의 타자 원고 사본.
모리스 르블랑이 마지막까지 고심한 끝에 타자 원고 위에 자필 교정을 한 흔적이 역력하다.

LE DERNIER AMOUR D'ARSÈNE LUPIN

—

Mademoiselle de Camors

—

PROLOGUE

I.- Un ancêtre d'Arsène Lupin

- Hôtelier, le Général Lupin est là ?

- Oui, mon Colonel. Il dort, il tombait de sommeil en arrivant tout à l'heure.

Dans le couloir d'une auberge de la Marne où cantonnent des troupes, le Colonel Barabas s'est arrêté, haletant, après avoir gravé l'escalier en courant.

아르센 뤼팽의 마지막 사랑
'카모르 양'

프롤로그
I. 아르센 뤼팽의 선조

"주인장, 뤼팽 장군 여기 계시오?"

"네, 대령님. 지금 주무시고 계십니다. 방금 도착하시자마자 잠자리에 드셨어요."

부대가 주둔 중인 마른Marne의 한 여인숙.

방금 계단을 달려 올라온 바라바스 대령은 헐떡이는 숨을 고르며 복도에 멈춰 섰다.

CHAPITRE I
———

PROLOGUE.- Général dans les armées de
Napoléon Ier, le Général Lupin, à la
demande de l'Empereur, va,au soir de la
bataille de Montmirail, arrêter des
conspirateurs dans la grotte d'un château.
    Son petit-fils sera le fameux Arsène
Lupin.

LE TESTAMENT

    Au mois de décembre 1920, un grand bal fut donné à l'Ambas-
sade d'Italie : quelques réceptions restreintes y avaient déjà
marqué la reprise de la vie à Paris, mais cette soirée officielle
était la première qui eût lieu depuis les évènements de 1914-1918.

타자 원고 14쪽

1

유언장

몽미라이 전투가 벌어진 날 저녁. 나폴레옹 1세 군대의 뤼팽 장군은
황제의 명을 받들어 성의 동굴에 모인 반란음모자들을 체포하러 나선다.
훗날 그의 손자가 그 유명한 아르센 뤼팽이 되는데……

때는 1921년 12월. 이탈리아 대사관에서 성대한 무도회가 펼쳐지고 있었다.
그동안 몇몇 제한적인 연회가 파리의 활기를 되찾는 데 미력을 보태기는 했지만,
1914년에서 1918년에 이르는 대재앙 이후 제대로 된 공식행사는 이것이 처음이었다.

아르센 뤼팽의
마지막 사랑

이 도서의 국립중앙도서관 출판시도서목록(CIP)은
e-CIP 홈페이지(http://www.nl.go.kr/ecip)에서 이용하실 수 있습니다.
(CIP제어번호: CIP2012002008)

아르센 뤼팽의
마지막 사랑

모리스 르블랑 장편소설 | 성귀수 옮김

LE DERNIER
AMOUR
D'ARSÈNE
LUPIN

Maurice Leblanc

문학동네

차례

I
아르센 뤼팽의 선조

"주인장, 뤼팽 장군 여기 계시오?"

"네, 대령님. 지금 주무시고 계십니다. 방금 도착하시자마자 잠자리에 드셨어요."

부대가 주둔 중인 마른Marne의 한 여인숙. 방금 계단을 달려 올라온 바라바스 대령은 헐떡이는 숨을 고르며 복도에 멈춰 섰다.

"주무신다고? 어서 깨우시오."

"오, 안 됩니다, 대령님! 장군님께서 화내실 텐데요."

"어서 깨우라니까!"

"제가 감히 어떻게……"

"깨워야 하오, 급한 일이오."

"하지만, 대령님……"

"황제폐하의 지시요."

"나 여깄소!"

순간, 어렴풋하게 목소리 하나가 들려왔다.

거칠게 열린 문 너머 덩치 큰 사내 하나가 잠옷바람으로 나타났다.

"나 여기 있다니까!"

사내는 대령을 보자, 정감 어린 말투로 덧붙였다.

"어이구, 바라바스 자네로군. 무슨 일인가? 일단 들어오지."

두 사람은 군복이 여기저기 나뒹굴고 있는 방 안으로 들어섰다.

"주무셨습니까? 시장하진 않으세요?"

대령이 연거푸 물었다.

"응, 괜찮아."

"어서 옷부터 입으시죠. 황제폐하께서 찾으십니다."

말이 떨어지기 무섭게 뤼팽 장군은 용수철 솟구치듯 후딱 제복을 걸치며 물었다.

"무슨 일이지?"

"장군님만이 해내실 수 있는 임무랍니다."

"그렇다면 이미 완수된 거나 다름없군."

그는 문을 열고 사람을 불렀다.

"브리샹토!"

당번병이 곧장 들어왔다.

"부르셨습니까, 장군님!"

"클레오파트라에게 안장을 얹어라. 긴급상황이다! 다르니에 부관에게 나를 수행할 준비를 갖추라 통보하고, 중위 몇 명도 차출해서 준비시키도록 하라. 황제폐하를 알현하는 일이니 조금도 지체해선 안 된다."

브리샹토는 후다닥 달려나갔다.

순식간에 장군의 복장이 모두 갖춰졌다. 계단을 내려가기 직전, 그는 문득 걸음을 멈추고 걱정스러운 표정으로 대령을 돌아보았다.

"이보게 바라바스, 혹시 오후에 있었던 전투에 문제가 생긴 건 아니겠지?

"아닙니다, 장군님. 황제폐하의 승세는 시간이 갈수록 공고해지고 있습니다."

여인숙 앞에는 마구를 갖춘 말들이 앞발로 땅을 구르고 있었다. 장교들도 속속 당도했다. 마침내 안장에 훌쩍 올라탄 뤼팽 장군이 우렁찬 목소리로 외쳤다.

"출발!"

먼지가 부옇게 일면서 분견대 전원이 사령부를 향해 내달렸다. 황제폐하가 거하는 작은 도시로 길 안내를 맡은 이는 바라바스 대령이었다. 뤼팽 장군이 그와 나란히 달렸다.

저녁 어스름이 내릴 즈음, 침묵을 일관하던 두 남자 중 뤼팽 장군이 아무래도 마음에 걸리는지 먼저 입을 열었다.

"그러니까 승세는 확실하다 이거지?"

"잘 아시면서 뭘 그러세요! 장군님의 공이 무엇보다 크지 않았습니까! 황제폐하께서도 얼마 전까지 툭하면 그 말씀이셨습니다. 장군님의 돌격작전이 아니었다면 우린 몽미라이를 잃었을 거라고……"

"맙소사! 그럼 몽미라이 전투가 일개 준장의 공으로 승리했단 얘긴가?"

"아니죠. 이제 장군님은 소장이십니다. 내일 공식적으로 통보가 될 겁니다."

뤼팽 장군은 신기하다는 듯 고개를 설레설레 내저었다.

"허어, 그것 참…… 실은 어느 점쟁이 여자가 내게 똑같은 얘기를 했거든. 게다가 그다음에는 내가 결혼을 할 것이고, 앞으로 태어날 자손 중에 아르센이라는 이름을 가진 자가 세계적으로 유명한 사람이 될 거라고도 했어. 이러다간 그 점쟁이 말을 곧이곧대로 믿지 않을 수 없겠는걸……"

장군의 얘기에 바라바스 대령은 미소로 답했다. 이후 두 남자는 입을 다문 채 말에 박차를 가했다. 경쾌한 말발굽 소리와 해질 무렵 전원의 평화로운 소음만이 귓가에 들려왔다.

사십오 분 정도 달린 끝에 당도한 곳은 어느 조야한 모습의 여관 앞이었다. 난데없는 군부대의 이동으로 산만해진 분위기 속에서 구경꾼들이 광장에 모여 있었다. 그들은 큼직한 커튼이 닫히기 전 불이 환하게 밝혀진 창문 하나를 주시하고 있었다. 위태로운 프랑스의 운명을 책임진, 그리하여 모든 이의 희망을 짊어지게 된 존엄하신 분이 바로 그 창문 너머에 있었다.

간략한 구령과 더불어 분견대 전원이 말에서 내렸다. 초병들의 경례를 받으며 바라바스와 뤼팽이 빠르게 2층으로 올라갔다. 뤼팽은 집무실처럼 꾸며진 방으로 안내되었다.

황제는 혼자였다. 방 깊숙이 자리한 책상 앞에 앉아 여러 장의 지도를 펼쳐놓은 채, 일에 몰두해 있었다. 2월 중순의 저녁은 아직 쌀쌀했다. 키 큰 벽난로 안에선 장작이 타고 있었다. 안락의자 위에 그 유명한 반달형 이각모와 회색 코트가 놓여 있었다.

"아, 뤼팽 자네인가?"

"대령했습니다, 폐하. 제가 좀 늦었지요?"

"아닐세, 아니야. 내 예상보다 십오 분이나 앞섰는걸."

그제야 장군은 차려 자세를 풀었다. 나폴레옹은 자리에서 일어나 벽난로 쪽으로 다가갔다. 불빛이 살집 통통한 그의 얼굴 윤곽을 도드라지게 했다. 하얀 깃의 초록 재킷에 흰색 반바지를 갖춰 입은 야전복 차림새였다. 콘솔테이블 쪽으로 걸어가자, 미처 벗지 않고 있던 장화 굽 소리가 마룻바닥을 타고 울려퍼졌다. 은도금된 찻잔과 접시세트가 갖춰진 상자 옆에 차게 보존한 혼합

냉장육 비상식량이 준비되어 있었다. 그는 뤼팽을 돌아보며 물었다.

"잠은 좀 잤나?"

"아닙니다, 폐하. 졸리지 않습니다."

"배고픈가?"

"모르겠습니다."

황제는 작은 원탁 앞에 있는 의자를 가리키며 말했다.

"거기 앉아 좀 들게나. 내가 차려주지."

장군이 얼른 만류하는 몸짓을 해 보였으나, 황제는 이미 야전용 필수품 상자에서 꺼낸 접시에 대충 추린 고기 너덧 점을 대뜸 얹어 그 앞에 놓았다.

"어서 들게."

황제는 마저 식기세트를 차려주고 로제 포도주를 잔에 따르는가 하면 빵까지 내밀며 거듭 권했다.

뤼팽은 하는 수 없이 따랐다. 그러면서도 자신이 맡을 임무에 대해 묻는 것을 잊지 않았다.

"그런데 무슨 일입니까, 폐하?"

"자네, 국경 근처에 있는 알자스 성城 알고 있지?"

"제가 갈 곳이 거기인가요? 물론 잘 압니다. 알자스 총독인 랑파티도 잘 알지요."

"거기서 모종의 음모가 진행되고 있네."

"그럼 저더러 음모자들을 발본색원하라는 말씀이신가요?"

나폴레옹은 그렇다는 손짓을 한 뒤, 신경질적으로 방 안을 서성댔다. 지체 없이 식사를 마친 뤼팽 장군은 묵직하게 늘어진 콧수염을 손등으로 훔쳤다. 잠시 생각을 굴리던 장군은 의자에서 벌떡 일어나 군주 앞에 당당히 버티고 서서 단도직입적으로 내뱉었다.

"폐하, 이번 일 역시 앙기앵 사건*과 같은 것 아닙니까?……
그런 일이라면 저는 빠지겠습니다. 저는 군인이지 경찰이 아닙니다. 분명히 말씀드립니다만, 그런 일을 또 저지르신다면 저뿐만 아니라 폐하께도 결코 좋지 않을 겁니다."

"자넨 그런 걱정할 필요 없어. 내가 하는 일은 내가 잘 알아."

나폴레옹은 버럭 소리치며 장작더미를 발로 걸어찼다. 무너져 내리는 장작 사이로 반짝이는 불티들이 솟구쳤다.

욱하는 기분은 이내 가라앉았다. 충직한 군인의 투박한 솔직성이 오히려 맘에 들기도 했다. 그는 상대의 어깨에 손을 얹으며 말했다.

"아닐세. 앙기앵 사건과는 달라. 그러니 안심하게…… 자넨 거기서 몽칼메 부인을 만나, 그녀가 악착같이 간직하고 있는 책

---

* 1804년 왕당파의 음모 척결을 내세워 무고한 앙기앵 공을 납치, 총살한 일종의 정치적 조작 사건.

한 권을 손에 넣으면 되는 걸세. 그걸 나한테 가져오라고. 자네도 들어본 적 있겠지, '몽칼메 가문의 가사家事기록부'라고. 그 책의 영어판일세. 우리 프랑스에선 가문마다 집안의 모든 사건과 내밀한 비밀들을 일종의 비망록 형식으로 기록해 대대로 전하는 풍습이 있지. 바로 그 책이 필요한 것이네. 영어판에는 프랑스판에 누락된 대목들이 포함되어 있거든. 다름 아닌 잔 다르크가 고백한 내용인데, 당시 영국 정계의 고급 지침과 강령들이 그 안에 담겨 있지. 잔 자신이 군대와 더불어 이동하면서 이렇게 저렇게 수집한 아주 귀한 정보들이라네. 이를테면 이런 것들이야."

모든 땅을 차지하는 자가 모든 황금을 차지하리라.
모든 황금을 차지하는 자가 모든 땅을 차지하리라.
영국을 케페우스좌座로 이끌어야 한다.
아프리카 남부를 모조리 차지해야 한다.

뤼팽 장군도 맞장구를 쳤다.
"네, 영국인들이 그런 정책에 골몰하는 동안 저희 집안은 캐나다를 프랑스에 넘기려고 고군분투했더랬죠. 그걸 영국에서 가져가고…… 특히나 몽칼름*이……"
황제가 다시 말을 이었다.
"아무튼 바로 그 책을 고스란히 손에 넣어야 해. 나한텐 아주

14

소중한 물건이 될 거야."

"손에 넣으실 수 있을 겁니다, 폐하."

"오십 명을 잡아들이게. 나의 매제들, 탈레랑** …… 그 모두가 음모를 꾸미고 있어. 거기서 음모를 꾸미고 있다구……"

"그런데 성은 마르몽***의 소유 아니던가요?"

"그자가 음모꾼들의 우두머리일세."

"그 밖에 다른 지휘관은 없습니까?"

"있지, 몽칼메 부인. 그 여자는 마르몽의 정부일세. 자네가 가서 그자들을 모두 이리로 잡아들이는 거야."

"즉시 출발하겠습니다, 폐하. 한데, 그 대신 저한테는 무얼 주시겠습니까?"

"원수의 지휘봉! 그 정도면 되겠나?"

"그럼 또 원수직을 신설하시는 겁니까?"

"아니, 마르몽의 자리를 이어받는 걸세. 나쁘지 않겠지? 아무

---

* 프랑스의 장군(1712~1759). 7년 전쟁 때 캐나다의 프랑스군 지휘관으로 퀘벡에서 영국군을 격파했다. 후에 원군을 지원받지 못해 퀘벡은 함락되고 몽칼름은 전사했다.

** 프랑스의 정치가이자 외교관(1754~1838). 나폴레옹을 정계에 등장시킨 후 외무장관으로 취임했다. 후에 그의 정책에 의혹을 느끼고 오스트리아 및 러시아 황제 등과 내통했다.

*** 프랑스의 장군(1774~1852). 나폴레옹의 막료가 되었다가 그를 배반하고 적과 비밀 협정을 맺었다.

말이 없군. 다른 걸 원하나?"

"글쎄요…… 차라리 그 여자를……"

"아, 그건 안 되네. 여자는 내가 점찍었어. 손대지 말게."

뤼팽은 곧 입을 닫았다. 하지만 얼마 안 있어 다시 얘기를 꺼냈다.

"폐하, 예로부터 북부 지방에서 쌍벽을 이루는 두 집안이 있었는데 다름 아닌 몽칼메 가문과 카보-뤼팽 가문입니다. 수세기 동안 서로 앙숙지간이었죠. 쌍방간 저질러진 숱한 암살과 중상모략, 절도, 강간사건이 두 가문의 오랜 증오심을 고스란히 말해주고 있습니다…… 특히 마지막으로 거론한 사안에 대해서는 저희 카보-뤼팽 가문이 두세 자리 뒤지는 형편이지요. 저로서는 몽칼메 부인을 욕보여봤자 별 부담이 없는 이유가 바로 거기에 있습니다."

황제의 표정이 일순 미소로 확연히 누그러졌다.

"욕심도 대단하이. 아무튼 그 문제는 나중에 다시 얘기하지. 우선 책부터 가져오게…… 여자하고……"

"아무튼 몽칼메 부인은 저의 친척뻘이기도 합니다. 어떻게든 제가 다룰 여자예요."

"그 여자는 영국 왕의 정부이기도 하네…… 그리고 자네가 받을 보상 얘기는 좀 나중에 하지. 우선 서두르게, 어서 가보라구!"

나폴레옹은 회중시계를 꺼내보더니 말을 이었다.

"자네 지금부터 한 십 분 정도 눈을 붙일 수 있는데…… 원한다면 내가 깨워주지."

"졸리지 않습니다, 폐하. 호위대는 이미 집결시켜두었습니다. 이제 가보겠습니다."

혼자 남은 황제는 깊은 생각에 잠겨 꼼짝 않고 서 있었다.

잠시 후, 광장 포도를 두드리며 황급히 출동하는 기병대의 말발굽 소리가—그에게는 더없이 익숙한 소음이—귓가에 들려왔다.

그는 천천히 책상 앞으로 돌아가 털썩 주저앉더니, 돋보기를 쥐고 다시 지도를 꼼꼼히 살피기 시작했다. 그것은 조만간 세상의 무대에서 퇴장해 역사의 뒤안길로 사라져갈 용자勇者의 가슴 저미는 모습이었다……

II
칼립소의 암굴岩窟

쉬지 않고 내달린 뤼팽 장군의 부대가 마침내 목적지에 도착했다. 현대식으로 개조되었지만, 성벽 둘레의 외호라든가 성문 앞의 도개교가 사람의 접근을 막는 등 나름대로 옛날 잔재를 고스란히 간직한 아름다운 제후의 거처였다.

말에서 내린 장군은 정원을 에워싼 성벽을 따라 부하들을 배치시켰다. 그는 도랑 너머 입구 초소의 낮은 문 쪽으로 다가가, 검의 손잡이로 거칠게 두드렸다. 곧 사람 목소리가 들렸다. 잠시 후 하인이 문을 열었다. 뤼팽이 큰 소리로 외쳤다.

"꽁꽁 틀어박혀들 있군그래! 랑파티 총독 계신가? 가서 좀 모셔오게. 뤼팽 장군이 왔다고 말이야."

하인은 지체 없이 사라졌고, 곧이어 도개교가 내려졌다. 얼마

지나지 않아 총독이 모습을 드러냈다.

"안녕하십니까, 장군. 그래 무슨 일인가요?"

"손님들이 모인 저 안으로 들어가야겠소."

"그야 어렵지 않지요."

총독은 아주 침착한 태도였다. 넓은 화단을 가로질러 장군을 성 앞으로 안내했고, 둘이 함께 계단을 올라갔다. 빈방 몇 개를 지나자 돌계단이 이어졌고, 그리로 내려가자 주건물 뒤쪽 후미진 곳에 자리한 공간이 하나 나타났다. 거실로 꾸며진 천연 암굴이었다. 종유석들 사이사이 조화로운 색조의 휘장들이 늘어져 있는 거기, 십여 명의 남자들이 테이블 주위에 모여 앉아 있었다. 모두들 카드패에 정신이 팔렸는지 누구 하나 고개를 들 기미조차 없었다.

뤼팽은 턱 버티고 선 채 소리쳤다.

"자, 자, 음모를 꾸미고들 계신가? 모두 나와 함께 가주셔야겠소이다! 황제폐하의 명령이오!"

남자들이 일어섰다. 뤼팽은 서글서글한 태도로 일일이 알은체했다.

"어이구, 안녕하시오, 베르나도트! 안녕하십니까, 마르몽! 몽칼메 부인께선 어디 계시오?"

몇몇이 잡아떼기 시작했다.

"몽칼메라니! 처음 듣는 이름이군……"

"어허, 왜들 이러시나!"

오직 마르몽만 부정하지 않을뿐더러, 빈정대는 투로 대꾸했다.

"이러는 사이 충분히 도망쳤을 거라 생각지 않소?"

"천만의 말씀! 모든 출구가 봉쇄되어 있거든. 내가 어린애인 줄 아나? 그 여자 있는 데로 순순히 안내하랄밖에!"

뤼팽 장군의 대답이었다.

저항할 방법이 없는 마르몽으로선 그대로 따르는 수밖에 없었다. 그는 휘장 한쪽에 가려진 창살문을 열었다. 장군은 천연 암굴에 이은 인공 석굴 속에 묘하게 자리한 어느 규방으로 들어섰다. 인공적으로 만들어졌지만 똑같은 모양의 종유석들과 분홍색의 실크 휘장들도 그대로인 가운데, 작은 원탁과 여닫이식 책상, 섬세한 취향의 의자 몇 개가 단출하게 놓여 있었다.

널찍한 오토만 의자에 한 여인이 책을 손에 쥐고 반쯤 누워 있었다. 휘장보다 다소 밝은 분홍빛깔에 가슴이 과감하게 파인 드레스 차림의 늘씬하고 무척 아름다운 여자였다. 붉은빛이 감도는 밤색 머리채가 횃불 아래 반들거리고 있었다.

불청객이 들어서자 여자는 별로 당황한 기색도 없이 몸을 일으켰다.

"어머, 뤼팽 장군님!"

"네, 접니다. 그간 안녕하셨소?"

"여긴 웬일이세요?"

"당신을 체포하려고! 정말입니다!"

"저를 체포한다고요?"

"그렇소. 이유는 당신도 알 거요. 나와 함께 가주셔야겠소. 황제폐하의 명령입니다."

"저런, 그렇게 서둘 건 없잖아요! 당신을 따라가는 거야 달리 방도가 없으니 당연히 그래야겠죠. 하지만 나폴레옹에게 데리고 가진 말았으면 하네요. 저 그 사람 만나지 않을래요. 저한테 흑심을 품고 있거든요."

"그에게서 벗어나는 방법이 하나 있습니다. 내 품에 안기는 것이오!"

뤼팽의 난데없는 제안에 젊은 여인은 도도한 웃음으로 대답했다.

장군은 여자 앞으로 다가가 한쪽 무릎을 꿇더니, 훤히 드러난 팔을 어루만지고 백옥 같은 어깨에 입을 맞추었다. 그러면서 이렇게 중얼거렸다.

"그렇소, 내 여자가 되어주시오. 나 역시 당신을 원하고 있소……"

순간 여자는 이 사내의 격정을 구슬러 자신이 취할 이득을 재빨리 계산해냈다.

"당신 품에 안기면, 저를 도망치게 해주겠어요? 그런 조건이라면, 청을 받아들일게요."

"그럼 서로 거래하는 거요?"

"정정당당하게!"

뤼팽은 벌떡 일어나 말했다.

"좋아요! 대신 지금 손에 들고 있는 그 책을 내게 넘기시오. 그거 몽칼메 가문의 가사기록부 영어판 맞죠?"

"이건 뭐 하시게요?"

"황제폐하께 전해드려야 합니다. 그 책이 오기만을 기다리고 계시오."

"제가 거부하면 어떻게 되죠?"

"내 부하들이 당신을 붙잡아 튀일리 궁으로 압송할 거요. 당신은 나를 벗어날 수 없어요. 이곳은 완전히 포위되었습니다."

몽칼메 백작부인은 잠시 생각에 잠겼다. 달리 선택의 여지가 없음을 깨달은 그녀는 자존심 강하지만 순진한 데다 사랑에 빠진 이 군인에게서 최대한 이득을 끌어내기 위해 갖은 교태를 부리기 시작했다. 다시 자기 앞에 한쪽 무릎을 꿇고 다가든 사내의 품에 냉큼 안기며 여자는 나긋나긋하게 속삭였다.

"그래요, 저 당신 거예요…… 실은 오래전부터 그러기를 바랐어요. 모르셨나요? 당신을 좋아한다구요…… 어쨌든 저를 놓아주기로 약속한 거죠?"

"난 한 입으로 두 말 하는 사람이 아니라오……"

대답과 함께 이미 입술을 취하면서 여자를 오토만 의자에 밀어 눕히는 뤼팽……

얼마나 지났을까, 번갯불에 콩 구워먹듯 치른 정사의 끝자락에 이르러 몽롱한 정신상태로 나란히 누워 있는 두 사람…… 그 중 먼저 냉정을 되찾은 건 뤼팽이었다.

"이봐요 부인, 우리 두 가문의 오랜 싸움이 대부분 박빙이었지만 유독 상대편 여자 후리기에서는 카보-뤼팽 가가 한 수 아래였던 게 사실이오. 그걸 이번에 내가 조금 만회했다고나 할까, 고맙소이다!"

그렇게 툭 던지고는 벌떡 일어난 뤼팽, 장군 복장을 신속히 챙겨 입었다.

"자, 자, 시간 낭비 하지 맙시다. 아직 할 일이 남았다는 걸 잊지 말아야지. 우선 당신부터 무사히 내보내야 하고……"

뤼팽은 빠르게 주변을 둘러보았다.

"저 끝에 출구는 어디로 통하지?"

"들판으로 나가는 통로예요. 일단 거기까지 나가면 국경으로 쉽게 접근할 수 있어요. 그다음에는 친구들이 외국으로 건너가게 도와줄 거구요."

"좋아. 어서 준비하고 따라와요. 아차, 그 책! 그건 내가 접수해야지."

"자, 받아요."

여자는 깔끔하게 장정된 책 한 권을 의자 너머 선반에서 집어들어 건네주는데…… 그와 동시에 사내의 주의를 흩뜨리려는 듯 또다시 품에 와락 안기는 것이었다. 그렇다고 해서 문제의 '가사기록부'를 다른 책으로 슬쩍 바꿔치기한 걸 눈치 못 챌 뤼팽 장군이 아니었다.

하지만 아무런 내색도 하지 않았다. 단지 여자가 옷을 입고 돈을 챙기는 동안, 그는 바꿔치기한 책을 제자리에 도로 놓아두면서 원하던 물건을 잽싸게 낚아챘다.

"자, 어서 서둘러요!"

마지막 입맞춤을 한 뒤, 그는 들판으로 나가는 쪽문을 열었다. 그곳을 지키는 부하를 돌려보내고 나서 여자를 내보냈다.

그가 다시 방 한가운데로 돌아오기 무섭게 쪽문 반대편에서 나폴레옹이 쓱 들어섰다. '이크, 하마터면 큰일 날 뻔했군!' 속으로 중얼거리며 그는 황제 앞으로 뚜벅뚜벅 걸어갔다. 다소 불안한 음성으로 입을 열었다.

"책 여기 있습니다."

"방금 무얼 하고 있었나?"

황제가 의심스러운 표정으로 물었다.

"몽칼메 부인을 탈출시켰습니다, 폐하."

나폴레옹은 화내지 않았다. 부하의 이런 담대한 태도 앞에선 오히려 마음이 누그러지는 그였다. 장군을 바라보는 시선에 아무런 앙심이 없으면서도, 대신 황제는 점잖은 어조로 이렇게 못 박았다.

"그렇다면 자넨 방금 원수의 지휘봉을 내친 셈이로군."

*

그로부터 몇 달 후, 뤼팽 장군은 몽칼메 백작부인과 결혼을 하고 오르세 고성에 둥지를 틀었다.

한편 나폴레옹은 몽칼메 가문의 '가사기록부'를 면밀히 연구했으나 그로부터 아무 실익도 거두지 못했다. 분명 그 속에는 정확하고 실속 있는 정보가 수두룩했지만, 정작 그것을 활용할 기회가 주어지지 않았던 것이다. 워털루의 재앙으로 그가 품은 모든 야망과 가능성은 종지부를 찍고야 말았다.

이제 우리는 레른 공녀小女 '카모르 양'의 삶을 들여다볼 차례다.

1
유언장

몽미라이 전투가 벌어진 날 저녁, 나폴레옹 1세 군대의 뤼팽 장군
은 황제의 명을 받들어 성의 동굴에 모인 반란음모자들을 체포하러
나선다. 훗날 그의 손자가 그 유명한 아르센 뤼팽이 되는데……

때는 1921년 12월. 이탈리아 대사관에서 성대한 무도회가 펼
쳐지고 있었다. 그동안 몇몇 제한적인 연회가 파리의 활기를 되
찾는 데 미력을 보태기는 했지만, 1914년에서 1918년에 이르는
대재앙* 이후 제대로 된 공식행사는 이것이 처음이었다.

대사 부부는 중앙계단 아래까지 나와 손님들을 맞이했다. 2층

---

* 1차 세계대전.

의 으리으리한 방들마다 눈부신 차림새의 손님들이 이리저리 지나다녔다. 쌍쌍이 혹은 끼리끼리 마주칠 때마다 자연스럽게 인사와 소감을 나누면서도, 처음 대하는 사람의 일거수일투족은 놓치지 않고 눈으로 좇았다. 무도회장에서 흘러나오는 악단의 연주 소리와 여기저기 사람들의 대화 소리가 한데 어우러지면서 가벼운 소음이 끝없이 이어지고 있었다.

별안간 주변이 조용해졌다. 웬 키 크고 젊은 여인이 혼자 걸어 들어오고 있었다. 걸음걸이와 자태에서 뿜어져나오는 고상한 아름다움이 워낙 압도적이어서 그 주위의 출중한 미인들이 죄다 평범하게만 보였다. 보석 하나 걸치지 않은 수수한 차림새. 황갈색이 감도는 분홍빛의 묘하게 주름 잡힌 드레스를 입고 있었다. 웨이브진 금발의 머리채는 나른한 목선을 따라 긴 타래로 늘어지다가 순결한 어깨에 스치듯 내려앉았다. 속눈썹 사이로 비치는 초록빛의 커다란 눈망울은 화장기 전혀 없는 은은하고 상큼한 피부를 더욱 돋보이게 했다.

여인이 무심코 걸음을 내딛는 가운데, 찬미자들이 그 주위로 빠르게 모여들며 다들 한마디씩 인사를 건네왔다.

"레른 양, 여기서 또 뵙는군요! 부친께선 안녕하시지요?"

"코라, 홀딱 반하겠어요!"

"사랑스러운 코라, 당신하고 춤 한번 추면 소원이 없겠소! 첫 왈츠곡은 제가 예약합니다! 그나저나 혼자 오셨나요? 레른 공公

께선 안 오셨습니까?"

여인은 그 모두를 일일이 응대하며 구석 자리로 가더니 상냥한 표정으로 말했다.

"자, 다들 자기 자리로 돌아가세요. 저는 오늘 모이신 분들 모두를 그냥 구경 좀 하려구요. 조명이며 꽃이며, 화려한 의상과 제복들…… 이런 멋진 연회는 정말 오랜만이군요. 아무리 봐도 질리지 않을 것 같아요. 그나저나 저기 세롤 후작께서 와 계시네! 저는 우선 후작님과 이야기를 나누겠습니다. 우리 모두 나중에 봐요……"

그제야 젊은 남정네들이 죄다 물러갔다. 세롤 후작이 그녀에게 다가오는데, 지긋한 나이에도 불구하고 꼿꼿한 자세와 민첩한 몸놀림이 느껴졌다.

"안녕하신가요, 우리 공녀! 여기 오면 볼 수 있을 거라 생각했지. 레른 공께서는 함께 오시지 않은 모양이네?"

"아버지는 오늘 저녁 외출 안 하세요. 개인적인 사교모임 말고 이런 공식행사는 별로 좋아하지 않으시죠."

"이런 행사는 그 자체로 예술작품이나 다름없는 구경거리인데……"

"그렇죠? 이런 완벽한 모임은 바라보는 것만으로도 늘 즐겁답니다."

후작이 공녀 곁에 앉으며 말했다.

"지난주에 불로뉴 숲에서 보았어요. 레른 공은 말을 타고 가고, 공녀께선 그 바로 옆에 난 길로 이륜마차를 신 나게 몰고 가더군."

"매일 아침 아버지와 저는 그런 식으로 산책을 즐기지요."

"그나저나, 지난 수개월 파리를 훌쩍 떠나 대체 무얼 하고 지낸 겁니까? 책이라도 읽었나요?"

"네, 주로 옛날 책들이요. 『감정교육』이랄지 프로망탱의 『옛 거장들』 같은 작품들…… 플로베르는 문체가 정말 기가 막히죠. 하지만 얼마나 서글픈지…… 프로망탱의 책을 읽다보면 저절로 열정이 솟아요. 네덜란드의 거장들 그림을 그토록 치열하게 탐구하다니!"

"그렇군요…… 요즘도 그림 그립니까?"

"파리에 돌아와서 다시 시작했어요."

"좀 나아졌나요?"

"제가 보기엔 그런 것 같아요. 새로운 원리들을 깨쳤거든요. 최고 수준의 화가들 작품을 많이 공부했어요."

"보아하니 그 화가들로부터 영감을 받은 게 분명하군. 지금 입은 드레스 스타일이 놀라워요. 눈동자와 똑같은 빛깔의 스카프하고 벨트가 전체적으로 호박빛 도는 분홍 색조와 묘한 대조를 이루네요……"

순간 여자의 얼굴에 화색이 돌았다.

"맘에 드세요? 다행이에요. 가만 보면 정말 탁월한 혜안이 있으세요! 게인즈버러가 그린 〈데본셔 공작부인의 초상〉에서 그대로 따온 스타일이거든요!"

"그건 몰랐네…… 실은 제게 '혜안'이 있다고 해서 말씀인데, 조금 다른 문제로 다소 불편한 얘기를 해도 그만큼 애정이 있어 그러려니 생각해주기 바라요. 요즘 갈수록 공녀에 대해 안 좋은 얘기가 나돌고 있는데, 대체 왜 그런 겁니까?"

여자가 발끈했다.

"남들이 어떻게 보든 상관 안 해요. 누가 뭐래도 제 행실에 나무랄 점은 없으니까요."

"그야 더없이 고상한 건 알지만…… 유감스럽게도 조직 사회에서는 남의 시선도 고려할 줄 알아야 하는 법. 적어도 일부 통념이라든가, 겉으로 드러나는 몇 가지 사항들은 중요하게 생각할 줄도 알아야죠."

"도대체 저에 대해서 어떤 말들이 나도는데요?"

"예컨대, 오늘 저녁 이곳에 수행하녀 없이 혼자 나타난 거 말입니다…… 불필요한 만용이랄까…… 앞길 창창한 아가씨가 왜 그렇게 제 맘대로 나대는 모습을 못 보여줘서 안달인지…… 조금 전, 바로 결과가 나타나지 않던가요? 우르르 몰려든 저 멋부리기 좋아하는 사내들의 호들갑 떠는 꼴 보지 않았습니까? 존중하는 태도가 전혀 아니었어요. 아가씨가 공녀 신분인 것도 잊었는지 뭇 여자를 대하는 듯한 모습들이더구먼. 보기가 영 불편했어요."

여자는 신경 안 쓴다는 제스처를 취하며 대꾸했다.

"그래봤자죠, 다들 멍청한 사내들인걸요."

"그야 그렇겠죠. 사실 오늘 일은 별것 아닙니다. 하지만 이건 좀 다른 문제예요. 공녀가 런던에서 데리고 들어왔다는 그 사총사들 말입니다. 아버지께서 집 안 별채에 그 사람들을 들이셨다니, 정신이 어떻게 되신 것 아닙니까? 공녀는 또 그들과 함께 보란 듯 나다닌다죠! 어딜 가나 온통 그 얘기뿐입니다. 대체 어디서부터 어디까지가 사실입니까?"

여자는 흘러내린 스카프를 우아한 동작으로 끌어다 목에 감으며 대답했다.

"모든 게 사실이에요. 지극히 정상적인 사실에 악의적인 해석이 가해졌을 뿐이죠. 그 사람들 모두 교양 있고 원만한 친구들이에요. 네, 실제로 런던에서 알게 된 남자들이구요. 파리에 왔는데 마땅히 묵을 곳이 없다는 거예요. 그래서 아버지가 우리 집 정원 한구석에 있는 다 낡은 건물을 내어준 것뿐입니다. 아시겠어요?…… 옛날 예배당 건물의 제의실祭衣室하고 경비병 대기실로 쓰던 방이 고작이에요. 그 사람들도 기꺼이 그곳을 쓰기로 했고요. 친구들이 가까이 있으니 저로선 외롭지 않아 좋기만 하던걸요."

후작은 씁쓸한 표정으로 어깨를 으쓱했다.

"듣고 보니 별일 아니긴 한데…… 그래도 못된 사람들은 그런 식으로 봐주질 않아요. 너무 튀는 행태를 보이니까, 사람들이 접촉을 잘 안 하려고 합니다. 방문하면 받아주기는 하는데, 일부러 찾아가진 않는 거죠. 한마디로 공녀는 지금 눈 밖에 났어요. 스스로 외톨이를 자초했단 말입니다!"

"그까짓 계산해서 정기적으로 찾아오는 손님들, 저도 질색입니다! 사람들과 관례상 교류하는 것, 전 원하지 않아요. 후작님 같은 몇몇 사람들과 특별히 소통하는 것 빼고요……"

그 말에 후작은 금세 표정이 밝아졌다.

"알겠어요. 다만 여자들이 공녀를 싫어하는 게 안타까울 뿐이죠. 아까 봤어요? 와서 인사하는 여자가 한 명도 없는 것…… 남자들만 우르르 몰려들었지…… 이건 너무하잖아…… 공녀의 됨됨이를 아는 사람은 다들 그 점을 안타까워합니다."

여자가 살짝 미소를 지으며 대꾸했다.

"저길 좀 보세요, 저를 알은체하는 여자가 딱 한 명 있네요. 이곳 여주인……"

아닌 게 아니라 대사부인이 다가오고 있었다.

"어서 오세요, 코라 양. 얼마나 찾았다구요! 전할 메시지가 하나 있어요. 아버지께서 방금 전화를 하셨는데, 지금 즉시 들어오라시는군요. 혹시 어디 편찮으신 건 아니죠?"

"저희 아버지는 꼭 막무가내 어린아이 같으세요. 변덕이 이만 저만 아니시죠. 저나 아버지나 서로 그런 점을 잘 맞춰주는 편이랍니다. 이만 작별인사를 드려야겠네요."

공녀는 천천히 일어나 후작에게 인사를 한 뒤, 대사부인의 배웅을 받으며 걸어나갔다.

휴대품 보관대에서 모피 망토를 찾아 몸을 감싼 뒤 밖으로 나서자 자가용이 대기하고 있었다.

"어서 집으로 갑시다."

차 안에는 걸이용 화병에 꽂힌 제비꽃 향기가 은은하게 퍼져 있었다. 여자는 탕파에 발을 얹고 담요를 두른 다음 뒷좌석에 푹 기대앉아 규칙적인 자동차 소음에 몸을 맡겼다. 아늑한 기분이었다.

문득 세롤 후작이 제기한 우려가 떠올랐다. 여자는 재밌다는 듯 속으로 중얼거렸다.

'딱한 양반 같으니…… 분명 우수한 인재이긴 한데, 지독한 편견의 노예란 말이거든!'

아울러 후작이 언급한 그 '사총사'도 머릿속에 떠올랐다. 정말 색다른 사람들이 아닌가! 쾌활하고 자유분방한 그 사내들은 자주 보면서도 지킬 건 깍듯이 지키는, 그야말로 이상적인 친구들이었다.

그녀가 헤어폴 백작을 처음 소개받은 건 런던의 어느 야회에서였다. 그와의 차분하면서 알찬 대화는 깊은 인상으로 남았고, 이후 여러 차례 만남이 이어졌다. 그러던 중 백작의 소개로 또다른 벗 앙드레 드 사브리 대위를 알게 되었다. 그는 혈기 왕성하고 충동적이며, 어디로 튈지 모를 상상력의 소유자였다. 셋은 곧장 의기투합해 여러 유적지와 박물관을 어울려 다니면서 우애를 다졌다.

세 사람은 종종 드나드는 찻집에서 사브리 대위의 지인인 두 젊은이 도널드 도슨과 윌리엄 로지를 우연히 만났다. 우아하고 세련된 두 남자는 여성에 대한 이해가 깊었기 때문에 공녀와도 어렵지 않게 친구가 되었고, 결국 셋의 우정에 합류하게 되었다. 남자임에도 불구하고 그들은 의상디자인이랄지 최신 유행에 관해 모르는 것이 없었고, 골동품에도 조예가 깊었으며, 색이면 색, 모양이면 모양 할 것 없이 자잘한 장식품 고르는 데 일가견이 있었다. 기분만 동하면 박학다식함을 과시하는 도널드 도슨은 고고학에도 정통했는데, 마찬가지로 고고학적 소양이 깊은 앙드레 드 사브리를 붙잡고 툭하면 번득이는 토론을 전개하곤 했다. 항간에는 도슨이 어느 귀족의 버린 자식이라는 소문이 있지만, 숙식을 함께하는 사이인 윌리엄 로지와 더불어 두 사람 다 여객선 급사 출신이었다는 얘기도 나도는 형편이다.

코라는 그런 문제에 관해 속속들이 알고 싶은 마음이 없었다. 네 명의 '보디가드'가 그녀에게 선사하는 즐거움은 전혀 다른 차원에 속했다. 그들은 권태라곤 없는 다채로운 나날을 보장해주었다. 하여, 그 모두를 파리로 데려와 저택 내 낡은 거처를 내주는 데 아버지가 동의하자, 가까이 두고 지낸다는 생각만으로도 그녀는 더없이 기뻤던 것이다.

옛 예배당 제의실은 반쯤 허물어진 상태였지만 보수가 가능했다. 앙드레 드 사브리가 그곳을 선점해 터를 잡았다. 헤어폴 백작은 길쭉한 모양의 경비병 대기실을 택해 창문을 내고 간이벽까지 설치했다. 서로 떨어져 지낼 생각이 없는 도널드와 윌리엄은 17세기 건축의 매력이 물씬 풍기는 별채를 선택했는데, 감각 있는 인테리어 전문가가 그들의 주문에 맞춰 이곳저곳 적절히 손을 보았다.

코라는 딱히 성가시지 않을 정도로 매일 그들을 만났다. 하루는 이 남자, 하루는 저 남자, 그러다 어느 날은 넷 중 두 명과 함께 외출했다. 그 모습이 극장에서든 전시회장에서든 불로뉴 숲에서든 심심찮게 사람들 눈에 띄었다. 사총사가 동행하지 않는 것은 오로지 여자가 사교계에 출입할 때뿐이었다. 그땐, 오늘과 마찬가지로 대부분 그녀 혼자 나타났다.

네 남자는 젊은 여자의 비위를 맞추느라 열심이면서도, 그로 인한 구설수에 대해서는 당사자만큼 신경 쓰지 않는 것 같았다. 다들 그녀를 사랑하고 있나? 여자는 가끔 그게 궁금했지만 어떤 결론에도 이르지 못했다. 그저 모두 한 여자를 놓고 환심을 사려

호들갑을 떠는 것, 그게 전부였다. 어쩌다가 갑작스러운 입맞춤을 시도할 때가 있는데, 그때마다 여자는 차가운 태도로 밀쳐내곤 했다. 그녀가 네 명 중 누구도 사랑하지 않는 것은 분명했다. 다만 그때 그때 기분에 따라 선호하는 대상이 달라질 뿐.

스물두 살에 이르도록 코라 드 레른은 최근 외국에 체류한 것 말고 아버지 곁을 떠나 지낸 적이 없었다. 그녀의 교육은 어느 영국인 여자 가정교사가 여러 과목 교수들의 지원을 받아가며 책임져왔다. 부녀 사이는 애정이 파릇파릇 살아 있는 절친한 관계였다. 그런 가운데 딸의 의견이 집안에서 우선권을 차지했다. 대신 금전관계에 대해서 딸은 문외한이었다. 집이 부자인가? 그런지 아닌지 딸은 몰랐다. 이따금 말 몇 마리와 비싼 가구, 그림이 처분되고 있다는 사실을 눈치 챌 따름이었다. 하지만 분명 두 사람은 호화로운 생활을 누리고 있었다. 좌안左岸의 넉넉한 부지에 으리으리하게 갖추고 사는—하인 수가 얼마 안 되는 건 사실이지만—집 안 창문으로 센 강이 시원스레 내다보였다. 친구들이 거처로 삼은 옛 장원莊園의 허름한 건물들은 그에 잇닿은 드넓은 정원에 위치해 있었다.

대대로 내려오는 유산이 일시적으로나마 재정상태를 호전시키면, 일정 기간 호사가 재개되는 식이었다.

레른 공은 외교 분야에서 중요한 역할을 했던 사람이다. 브뤼셀 주재 대사관 관원으로 근무할 당시 그는 어느 오스트리아 여인과 결혼했고, 출산차 영국에 건너간 산모가 그만 코라를 낳다가 사망했다. 그렇게 얻은 딸을 데리고 파리로 돌아온 뒤부터, 그는 자식을 위해 모든 걸 희생하는 삶을 살아왔다. 친구인 카모르 씨가 자기처럼 정계에 진출해볼 것을 적극 권했지만, 레른 공의 입장은 요지부동이었다. 스스로 공인이 될 인물이라 여기지 않을뿐더러, 욕심이 없었다.

오래전부터 코라는 아버지의 인생이 도박과 말, 여자들로 좀먹어간다는 것을 눈치채고 있었다. 하지만 그의 삶에 딸이 최우선이라는 사실엔 변함이 없었다. 오후에 어디를 나다니든 밤새 무슨 파티를 하든, 아침만 되면 어김없이 딸을 데리고 불로뉴 숲에 나가 승마를 즐겼고, 함께 점심을 들면서 딸의 이런저런 계획과 생각, 희망을 놓고 정겹게 이야기 나누는 것이었다……

차를 타고 집으로 향하는 동안 코라의 머릿속엔 그런 생각들이 주마등처럼 스쳐갔다. 마침내 차가 멈추었고, 운전기사가 초인종을 눌러 현관문이 열리는 순간, 난데없는 불안감이 엄습했다. 도대체 레른 공은 무슨 일로 딸을 불렀을까? 아버지가 욱하는 기분에, 이따위 비루한 삶 홀쩍 떠나버리고자 스스로 목숨 끊는 일이 벌어지는 건 아닐까, 그동안 얼마나 자주 걱정했는지 모른다!

불안한 직감이 증폭되는 가운데, 딸이 아버지의 서재로 불쑥 들어섰다. 아버지는 책상 너머에 진지한 표정으로 앉아, 방금 봉인한 편지를 문진으로 누르고 있었다. 그 주위로 둘러선 사총사. 그럼 이들 역시 아버지가 불렀단 말인가? 이런 시각 그들 스스로 집에 들이닥친 적은 여태 한 번도 없었다! 그들은 아무 말 없이 여자에게 인사했다. 망토를 벗는 딸에게 레른 공이 말을 건넸다.

"야회는 즐거웠니?"

"네, 아주 좋았어요."

"나 때문에 망친 것 같아 미안하구나. 하지만 너와 포옹도 하지 않고 떠나기는 싫었다."

"떠나시다뇨?"

"코라야, 여기 이 친구들이 내가 너를 위해서 맡긴 일에 대해 따로 이야기해줄 거다. 자, 이제 다들 나가주시게. 나는 좀 혼자 있고 싶으니까."

그는 자리에서 일어나 코라를 안아주며 이마에 키스를 했다. 그리고 네 남자들과 일일이 악수를 한 다음 딸과 함께 내보냈다.

그녀는 별안간 가슴이 철렁했다. 서랍장 앞을 지나치는데 눈에 익은 상자, 그러니까 권총이 든 상자가 언뜻 눈에 띄었던 것이다.

밖으로 나오자마자 그녀는 헤어폴 백작을 붙잡고 물었다.

"무슨 일이에요? 어디로 떠나신다는 거죠? 무서워요……"

백작은 이상하리만치 침착한 태도로 그녀를 이끌며 말했다.

"그냥 놔두세요. 당신이 할 수 있는 일은 아무것도 없습니다. 어서 당신 방으로 올라가요."

순간, 사브리 대위가 불쑥 끼어들었다.

"그래요. 여기 있으면 안 됩니다. 어서……"

미처 말을 마칠 틈도 없었다. 총성이 울려퍼졌다!

기겁을 한 여자가 방금 빠져나온 서재 문을 후닥닥 열고 들어갔다. 레른 공은 안락의자에 벌렁 나자빠져 있었다. 구멍 난 관자놀이로부터 한 줄기 피가 흘러내리는 가운데, 오른팔이 축 늘어지고 그 가까운 바닥에 권총 한 자루가 떨어져 있었다……

코라는 얼른 몸을 던져 그를 부둥켜안았다. 입에서는 더듬더듬 말이 잘 나오지 않았다.

"아…… 아버지…… 아…… 버…… 지……"

급기야 반쯤 의식을 잃고 그대로 쓰러졌다.

네 남자가 혼비백산 달려들어왔고, 낮은 목소리로 대책을 논했다.

"돌아가신 거지?"

"응."

"그렇더라도 의사는 불러야 해."

도널드 도슨과 윌리엄 로지는 눈물을 글썽이면서, 이제 막 달려온 하인들에게 지시를 내리러 나섰다.

앙드레 드 사브리와 헤어폴 백작은 코라를 맡아 조심스럽게 일으켜주었다.

헤어폴 백작이 속삭였다.

"가서 안정을 취해요. 여긴 당신이 있을 곳이 못 됩니다. 앞으로 보기 흉한 절차가 진행될 거예요……"

잠시 후 그는, 책상 위에 어질러진 여러 통의 편지 중 아까 문진으로 눌러둔 편지를 찾아내 호주머니에 넣고 있는 사브리 대위를 손짓으로 불렀다. 남자 둘이 여자를 부축해 바로 위층 방으로 데리고 올라갔다.

"무서워…… 무서워……"

푹신한 안락의자에 앉으면서도 코라는 두 눈을 부릅뜬 채 계속 같은 말만 되뇌고 있었다.

분위기를 바꾸기 위해 사브리가 나섰다. 그는 서재 책상에서 챙겨온 편지를 꺼내 코라에게 내밀며 말했다.

"이거 아버지께서 당신한테 쓴 편지예요. 당신이 집에 도착할 즈음 마무리를 지으셨죠. 한번 읽어볼래요? 꼭 전해주라고 부탁하셨습니다."

여자는 냉큼 편지를 낚아채 '내 딸에게'라고 적힌 봉투를 찢었다. 그리고 눈을 훔친 뒤, 내용을 읽어내려갔다.

내 딸 보아라.

"사는 게 지겹다. 이제 떠나련다." 이건 내 친구 카모르 씨의 아버지가 자식을 떠나면서 마지막으로 남긴 말이란다. 내가 이제 실행에 옮기려 하는 해방의 몸짓에도 역시 그것 말고 다른 이유는 있을 수 없지.

그 양반과 마찬가지로 나도 떠나기에 앞서, 앞으로 네가 걸어가야 할 인생길에 길잡이 삼아 몇 마디 충고를 해주고 싶구나.

너도 나 못지않게 남이 정해놓은 규범 따위는 그다지 신경 쓰지 않는 타입이지. 그러니까 정숙함의 미덕이란 것이 네 마음에 크게 와닿지 않는 거다. 다만 너는 명예의 소중함을 잘 알기에, 천박한 처신을 알아서 피해가는 것뿐이란다. 정숙함이란 편협한 우상과도 같아, 그 부정적인 계율은 너와는 어울리지 않는 획일성을 특징으로 하지. 반대로 명예란 무척 개인적인 것이다. 명예를 중시하는 사람은 어떤 경우에서든 진부한 도덕률에 부합하느냐 마느냐를 따지지 않고도 자신만의 행동을 선택하고 결정할 자유를 누린단다. 명예는 단념하라고 말하는 대신 행동하라고 주문한다.

너는 세상의 평판을 신경 써본 적이 없지. 앞으로도 그런 것이 네 앞길에 가로놓일 땐, 가차 없이 무시해버리거라. 찬란한 상아탑 안에 틀어박혀, 너 자신의 자존감만을 기준으로 삼아야 한다.

여자의 삶이란 원래 부침浮沈이 많은 법이란다. 너는 이 아비와 마찬가지로 야심을 가질 만한 기질도 아니고, 공적인 삶의 기회도 없는 편이다. 오로지 사랑만이 네가 마음껏 뜻을 펼칠 무대야. 그러니 사랑을 향해 대담하게 나서거라. 너는 젊고 아름답고 열정적이다. 너에게 걸맞은 남자를 고르기만 한다면 사랑이 너를 가득 채워줄 거야.

그런 숙명의 도정道程에서 너는 결코 외롭지 않다. 네가 직접 불러 모은 친구 네 명이 너와 함께할 테니까. 비록 파리 사교계는 부적절한 혼숙이다 뭐다 하며 비난을 퍼붓겠지만, 너는 그 친구들과의 우정을 끝까지 지키고, 그들에게 의지해야만 한다. 세상 손가락질 따위에는 초연해져야 해.

같은 여자들과의 친목에선 별로 기대할 것이 없을 거다. 그들에게 너는 항상 질시와 오해의 대상일 뿐이니까.

어떤 관능적인 경험 앞에서도 너는 물러설 필요가 없다. 여자란 행복과 불행이 그 자신의 결정에 달려 있는 한, 항상 자유로운 존재다. 어떤 경우에도 여자로서의 자존심을 버리지만 않으면 돼.

자, 이제 너에게 한 가지 중요한 사실을 알려줄 때가 되었구나. 나 역시 어쩌다가 심중을 품게 된 사실이다. 너의 네 친구들 가운데 아무래도 그 유명한 아르센 뤼팽이 있는 것 같다. 모험을 즐기는 타입이라고는 하나, 나는 그걸 별로 문제라고 보진 않는다, 오히려 그 반대지! 현재 그는 가명을 빌려 자신을 숨기고 있다. 넷 중 누가 그 사람인지는 나도 알아내지 못했다. 그러니 네가 꼼꼼하게 살펴서 그 사람을 찾아내도록 해라. 그로부터 뜻하지 않은 도움을 받게 될 테니까. 그 역시 명예를 중시하는 존재란다.

내 딸, 이제 너에게 작별인사를 고할 시간이 되었구나. 인사 없이 훌쩍 네 곁을 떠나고 싶진 않았다. 만약 그랬다면 너는 언제나 나를 원망했을 테지. 그동안 너에게 아무 내색도 하지 않은 건, 공연히 가슴 아파하는 일을 피하기 위해서였다.

제발 나보다는 살맛 나는 인생을 꾸려나가거라!

나는 흡족한 기분으로 떠난다. 이제껏 늘 그래왔듯이, 지금 나는 내 자유를 행사하고, 내 의지에 따라 행동한다.

울지 마라. 절대로 울어선 안 돼. 그건 약한 자들이 하는 짓이니까.

부디 행복할 줄 알아야 한다.

레른

코라는 아무 말 없이 편지를 읽고 또 읽었다. 그리고 부인용 책상 서랍 안에 조용히 밀어넣었다. 이상하게도 마음이 가라앉았다. 도슨과 로지가 합류한 가운데, 헤어폴과 사브리를 향해 질문을 건네는 그녀의 태도는 지극히 자연스러웠다.

"아버지의 의중을 알고 있었나요? 혹시 당신들한테는 미리 밝힌 것 아닌가요?"

헤어폴이 대답했다.

"맞아요. 우리한테 알리려고 다들 불러 모으시더군요. 말리고 애원까지 했지만 허사였습니다. 결심이 단호하셨어요."

앙드레 드 사브리도 거들었다.

"당신과 관련한 사항들을 자세히 설명해주면서 모든 걸 우리한테 맡기셨죠. 우리를 믿어요."

"그래요, 우리를 믿어요!"

모두 입을 모았다.

여자는 고마움을 표하면서도 깊은 생각에 잠겨 한 명 한 명 유심히 관찰하고 있었다.

'이 네 명 중에 아르센 뤼팽이 있다니…… 도대체 누구지?'

2
위기에 처한 7억 프랑

    1921년 이탈리아 대사관에서 무도회가 펼쳐진다. 코라 드 레른이 그곳에 참석했지만 아버지가 곧장 집으로 불러들인다. 딸이 도착하자, 레른 공은 이제 자신은 떠날 때가 됐다는 말을 남기고, 딸을 방에서 내보낸 직후 자살한다. 저택 별채에 기숙하는 네 명의 친구와 함께 살아가야 하는 코라…… 아버지가 남긴 유언은 그 네 명 중 한 사람이 아르센 뤼팽이라고 귀띔해주는데……

    다소 괴팍한 성격임에도 레른 공을 아주 지적이고 고결한 인물로 간주해온 파리 사교계에 그의 갑작스러운 죽음은 커다란 충격이었다.

    장례식은 수많은 인파가 지켜보는 가운데 엄숙하게 치러졌다.

슬픔에 사무쳐 초췌하면서도 눈물 한 방울 흘리지 않는 코라의 의연한 자세는 사람들을 놀라게 했다. 공식적으로 자살이 확인되었음에도 불구하고 귀족 신분에 부합하는 교회의 장례 절차를 밟을 수 있게끔 그녀가 행정 및 종교 당국을 상대로 꼬박 스물네 시간 동안 얼마나 애를 썼는지, 사람들은 알 턱이 없었다.

무엇보다 헤어폴 백작과 사브리 대위가 큰 힘이 되어주었다. 두 사람 다 의외로 공직 세계에 연줄이 풍부했고, 힘 있는 사람들에게 압력을 행사할 모종의 수단들을 가진 듯했다. 백작은 코라를 위해 힘이 되어줄 몇몇 사람 만나러 다니는 일 빼고는 거의 그녀 곁을 떠나지 않았다. 반면 앙드레 드 사브리의 경우, 그녀 주변에서 얼굴 보이는 일이 별로 없었다. 장례식이 끝나고 나서 한동안 낮이나 밤이나 툭하면 어디론가 사라지고 마는 그의 행태가 코라는 그저 놀라울 뿐이었다. 다시 나타날 때마다 넌지시 물어보긴 했으나, 그에게서 돌아오는 건 두루뭉술하고 모호한 대답뿐이었다.

나머지 두 사람, 도널드 도슨과 윌리엄 로지는 요즘 한창 인기 있는 술집을 뻔질나게 드나들면서, 밤을 잊은 젊은 친구들과 어울리곤 했다. 기질적으로 향락에 기울기 쉬운 이 두 남자는 어쩌다 목격한 처참한 사건에 상당한 충격을 받은 상태였다. 그 끔찍한 기억에서 벗어나기 위해 발버둥치듯 그들은 갈수록 외출이 잦아졌고, 자신들이 보고 듣고 아는 사실을 취객들 앞에 낱낱이 떠벌림으로써 손쉬운 인기를 얻고 있었다. 결국 레른 공이 자기 머리에 권총을 발사했다는 이야기가 급속도로 퍼져나갔고, 자살을 둘러싼 전후 사정이 살롱과 야간업소들을 거치면서 터무니없게 확대 재생산 되었다.

"세상에! 그 사람 자기 딸한테 편지를 남겼다지? 편지에 자기 친구 카모르 씨까지 언급해가면서, 그 아버지가 자살할 때 남겼던 이유와 똑같은 이유를 내세웠다는군! 말도 안 돼!……"

제2제정 당시 불티나게 팔렸던 책, 어느 소설가*가 카모르 씨의 사연을 풀어냈던 바로 그 책의 내용이 다시 사람들 입에 오르내렸다. 이러다가는 레른 공녀를 '카모르 양'이라 부를 날도 머지않은 상황!

물론 코라는 자신의 이런 인기와 별명을 까맣게 모르고 있었다. 애도의 슬픔에 스스로를 가둔 채, 몇 가지 얽힌 문제를 정리하느라 공증인의 소환에 응하는 것 말고는 거의 외출을 하지 않았다.

게다가 파리 사람들은 똑같은 사안에 대해 오랫동안 열을 올리지 않는다. 이 사건에 대해서도 처음 느낀 흥미가 시들해지자, 때마침 터진 또다른 사태에 열중하는 것이었다.

---

* Octave Feuillet(1821~1890). 『카모르 씨Monsieur de Camors』라는 소설로 당대 화제를 불러일으켰다.

1922년 7월 6일자 석간신문들이 런던에서 전신으로 날아오는 다음과 같은 뉴스들을 신속히 보도하고 있었던 것.

런던 : 유니버설 은행장은 최근 자신이 보낸 극비 전보의 사본을 분실했다고 밝혔다. 누군가 은행 집무실로 침투해 훔쳐낸 것으로 보이는 그 전보는, 다음 날 프랑스 국립은행으로 금화 400만 파운드를 송금하겠다는 내용이었다.

수상쩍은 우연의 일치 : 전보를 보낼 당시 통화 내용을 옆방에 있던 누군가가 엿들은 것으로 보인다. 이에 대해 은행장은 아무런 단서도 제공하지 못했다.

7월 8일 오전 : 런던발 항공편에 실릴 자루 두 개에 대한 보안이 철저하게 이루어졌다. 현재 여러 국제절도단이 이번 운항을 노리는 것으로 경찰은 파악하고 있다. 물론 아르센 뤼팽 씨도 요주의 인물로 명단에 올라간 상태다. 뤼팽 씨 본인 역시 이 문제에 대한 자신의 입장을 이미 여러 차례 편지로 밝혀온 바 있다.

7월 9일 : 뤼팽 씨로부터 또 한 장의 편지가 당도했는데 그 전문을 소개한다.

"나는 항변한다. 신문에 게재된 편지들은 나를 사칭함으로써 당국의 주의를 따돌리려는 자들에 의해 조작된 것이 틀림없다. 이 자리를 빌려 경고하거니와, 그들이 누구이건 조만간 나와 대면하게 될 것이며, 늘 그래왔듯이 이번 사건에서도 나는 정의의 편에 설 것임을 분명히 한다. 귀가 있는 자는 알아들을지니…… 그럼 안녕! ─아르센 뤼팽"

7월 16일 : 어제 저녁 드디어 문제의 자루 두 개를 실은 우편 수송기가 칼레 상공을 통과했음이 확인되었다. 곧이어 부르제 비행장에는 경찰과 군경을 비롯해 프랑스 국립은행 측이 별도로 고용한 사설탐정들로 삼엄한 경비가 펼쳐졌다.

밤 열시 정각에 항공기가 도착했다. 일단 항공기 운항은 아무 차질 없이 이루어졌다. 그런데 기내에서 자루가 발견되지 않았다.

속보 : 북부 외곽 지역 상공을 비행하던 문제의 항공기가 지나치게 고도를 낮추는 바람에 해당 지역 주민들이 기겁을 했다는 제보가 들어오고 있다.

긴급속보 : 파리 외곽과 팡탱 마을 사이에 위치한 쥘랭빌 경기장 별관에서 문제의 자루 두 개가 발견되었다. 현재 군경대 반장의 지휘 아래 십여 명의 경비원이 자루를 지키고 있는 상황. 자루 하나에는 '아르센 뤼팽의 구좌로. 파리. 프랑스 국립은행'이라는 메모가 타자된 아르센 뤼팽의 명함이 핀으로 고정되어 있다.

3
드러난 비밀

그날 숲에서의 산책을 마치고 돌아온 코라를 맞이한 것은 심각한 표정으로 그녀를 기다리는 헤어폴 백작이었다.

"코라, 당신하고 진지하게 나눌 얘기가 있어요."

"진지한 얘기라뇨? 갑자기 겁나네요!"

"겁낼 것 없습니다. 오히려 당신의 미래에 희망을 안겨줄 소식일 테니까."

"어디 말씀해보세요."

헤어폴 백작은 안락의자에 푹신히 몸을 묻고 얘기를 시작했다.

"우선 최근에 내가 파리 인근 지역 땅을 좀 사두었다는 얘기부터 해야겠군요. 쥘랭빌에 있는 티월 성城인데, 당신이 와서 당분간 지내는 게 어떨까 싶습니다."

"저야 좋죠! 근데 우릴 떠나시게요?"

"아주 떠나는 건 아닙니다! 고인이 되신 레른 공이 내어준 이 집과 새로 산 그곳을 오가며 생활할까 합니다."

"와, 그거 좋겠네요! 자, 이제 저의 희망찬 미래 얘기는 뭘까요?"

"안 그래도 하려던 참입니다. 당신한테 지금 이 자리에서 공개해야 할 비밀이 하나 있어요. 당신은 자신을 레른 공의 딸인 줄 알고 있을 겁니다. 하지만 그렇지 않아요. 레른 공도 그 점을 잘 알고 계셨죠. 오스트리아 귀족가문 출신인 당신 모친은 사실 마리 앙투아네트의 자손이셨습니다. 그분이 열여섯 살 되던 해에 한 영국 남자를 만나 사랑에 빠졌는데, 바로 영국 왕의 가까운 친척인 해링턴 경의 아들이었습니다. 두 젊은 남녀는 서로 약혼까지 했지만, 아버지 해링턴 경은 정치적 이유로 결혼을 반대했지요. 그 결과 당신 모친은 레른 경과 애정 없는 결혼을 하게 된 겁니다.

한편 모친의 원래 약혼자는 해링턴 경이 죽은 뒤 그의 작위를 물려받고 나서, 꿈에도 그리던 옛 애인을 다시 만나게 됩니다. 두 사람은 그때부터 아주 은밀한 관계를 이어가죠. 레른 공비께서 굳이 영국으로 건너가 출산을 시도한 것은 당신이 해링턴 경의 딸이었기 때문입니다. 그러다 분만 중에 목숨을 잃은 것이죠. 아내의 갑작스러운 죽음으로 실의에 빠진 레른 공은 아기의 행방을 수소문해 파리로 데려와 키웠고요. 그렇다고 해링턴 경이 당신을 나 몰라라 한 것은 결코 아닙니다. 멀찌감치 거리를 둔 채 줄곧 지켜보았고, 지난번 영국에 체류할 때도 마찬가지였죠. 이제 그분은 당신 앞으로 엄청난 재산을 물려주면서 당신 신분에 걸맞도록 왕위를 계승할 영국 왕자와의 혼인을 추진하고자 하십니다. 다름 아닌 옥스퍼드 공公과의 결혼이죠!

사실 나는 해링턴 경의 친구이자 그분이 파견한 밀사입니다. 애당초 당신과 연을 맺은 배경에 그런 이유가 있었던 거죠. 신문을 봐서 알겠지만, 최근 프랑스로 건너와 물의를 일으킨 금화의 주인 될 사람이 바로 당신입니다. 이제 그 일이 잘 수습되면, 내가 나서서 당신에게 직접 전달할 겁니다. 자, 이상입니다. 당신이 티월 성에 가면 옥스퍼드 공께서 기다리고 계실 겁니다. 그분과의 혼인에 동의할 경우, 훗날 당신은 영국 여왕이 되어 있을지도 모르지요."

이야기를 듣는 내내 코라는 침착함을 잃지 않았다. 골똘한 생각에 잠겨 있었다. 이 얼마나 기구한 운명인가! 무엇보다 방금 알게 된 재물을 빼앗으려고 정체를 알 수 없는 적들이 자신을 노리고 있다는 생각에 더럭 겁이 났다. 하지만 현재의 친구들이 충분히 그녀를 보호해줄 것이다. 비록 다들 헤어폴 백작처럼 비밀임무까지 띠고 그녀 곁을 지키는 건 아니지만 말이다. 어떤 미지의 힘들, 아마도 서로 상반된 세력들이 그녀의 행복과 재산을 놓고 한쪽은 보호하기 위해, 다른 쪽은 강탈하고자 암중모색하고 있다는 느낌이 들었다. 그 어느 때보다 정신 바짝 차리고, 주변을 관찰하면서, 아무도 믿어선 안 될 것 같았다.

과연 누가 이길 것인가?

4
'변두리 주점'

이른바 '변두리zone'라 불리는 지역—다시 말해 파리 외곽의 옛 요새 터와 겹치는 일종의 휴한지—나병과 가난이 창궐하는 그곳은 사실 변화가 끊이지 않는 구역이다. 온갖 쓰레기가 이리저리 쓸려다니고, 오물과 잡동사니 폐품들 수북이 쌓인 그 땅에다 쓰러져가는 판잣집과 대충 세운 가건물, 형편없는 가옥들이 촘촘히 들어차면, 그 안에 넝마주이, 떠돌이, 무법자들이 꾸역꾸역 하루를 살아간다. 문명과 야만의 타협지대라고나 할까?

오늘날이야 철거반의 구둣발에 그런 악취의 진원지가 남아날 리 없겠지만, 1922년 그곳은 가난한 사람들 누구나 찾아들어 손쉽게 둥지를 틀 수 있는 안식처였다. 악덕과 미덕이 그곳에서는 곧잘 한데 어울렸고, 가끔은 서로 돕는 풍조가 어두운 풍경을 화사한 온정의 빛으로 밝혀주곤 했다. 그런가 하면 떼를 지어 몰려다니는 누더기 차림의 아이들, 썩은 물웅덩이, 진창 가릴 것 없이 제멋대로 뒹굴어도, 병균 따위 일거에 날려버릴 만큼 매서운 바람 덕분인지 건강한 어른으로 쑥쑥 자라나는 것이었다.

프랑스 수도의 북쪽 외곽에 위치한 팡탱이라는 마을. 일곱 명의 살인을 저지른 끔찍한 악마 트로프만*의 기억을 치욕의 낙인처럼 지니고 있는 그곳의 인근 지역만큼 불결하고 음울한 곳도 아마 찾기 힘들 것이다.

기껏해야 센 강의 만곡 깊숙이 형성된 제느빌리에 소택지 근처에 아담한 오아시스가 하나 자리하고 있을 따름이다. 하긴 나무들은 언제나 공공 폐기물과 오물의 횡포를 이겨내는 법. 푸른 나뭇잎들이 공기를 맑게 하고, 먼지와 악취를 빨아들인다. 그러다보면 어느 순간 이런 곳에도 파릇한 잔디와 화사한 꽃밭, 제라늄이나 목서木犀 한 포기, 소박하게 늘어선 스위트피 등등 제법 아기자기한 정원을 구경할 수가 있는 것이다.

언제부터인가 쥐똥나무, 참빗살나무 담장 둘러친 곳에 '변두리 주점Zone-Bar'이란 간판이 호기롭게 내걸린 것도 그런 식이었다. 그곳에 입장하려면 우선 붉은 휘장과 삼색기가 사이좋게 매

---

* Jean-Baptiste Troppmann(1848~1870). 19세기말 프랑스를 발칵 뒤집은 일명 '팡탱의 학살' 사건의 주인공. 금전 갈취를 목표로 일가족을 잔혹하게 몰살. 실제로는 모두 여덟 명을 살해했다.

달린 흰 나무격자문을 밀고 들어가야 한다.

건물 안에선 리폴린 에나멜 도료로 칠을 한 널찍한 홀이 손님을 맞는데, 그 새하얀 벽면이 압도적인 청결함을 뿜내는가 하면 여기저기 놓인 참나무 테이블들은 마치 거울처럼 반짝인다. 아직 마개도 따지 않은 채 카운터 위에 가지런히 도열한 칵테일 병들은 이곳 '변두리 주점'의 고객들이야말로 수입주류를 경멸하고 오로지 프랑스 고유의 전통술만 찾는다는 걸 웅변으로 말해준다. 예컨대 마셨다 하면 노래 한 곡조 뽑지 않고는 못 배기게 만드는 '프티 블뢰'라든가, 이름만으로도 더이상의 설명이 필요없는 '토르-부아요'* 같은 독주 말이다……

하나둘 손님들이 빠져나가고 있었다. 이제 남은 사람은 단 몇 명뿐. 라클로슈 영감이 한쪽 구석에서 아페리티프를 홀짝이고, 그 바로 앞쪽 테이블에는 '살인마 트리오'가 서로 어깨를 맞대고 더부룩한 머리를 기댄 채 둘러앉아 있었다.

글자 그대로 흉악범들이면서 용케 극형을 피해왔고, 여러 차례 도형장에서 탈출을 감행한 그들은 현재 법망을 벗어나 따로 모여 살고 있었다. 자신의 행동에 대한 뉘우침도 남을 위한 동정심도 없이 그들은 서로에게도 거칠고 남들에게는 더욱 거칠게 처신하면서 온갖 잡일을 가리지 않고 날품을 팔며 생활했다.

---

* tord-boyaux. 창자를 뒤틀리게 한다는 뜻.

사실 이 삼인조를 추종하는 험한 젊은이들이 이십여 명 되는데, 푸이나르*는 그 모두의 우두머리였다. 창백하고 음산한 얼굴이 꼭 참수형 당한 사람처럼 생긴 그는 두둑한 배짱과 총명한 머리, 교활한 기질로 항상 최악의 난관을 헤쳐나감으로써 동료들을 지배해왔다. 일명 '불후의 인기남'이라고도 불리는 푸스카페**는 애교머리에 마치 아프리카 계집처럼 가무잡잡한 황갈색 피부를 가졌는데, 회합이 있을 때마다 술과 음식 그리고 여자들을 조달하는 역할이었다. 뭐니 뭐니 해도 셋 중 제일 끔찍한 종자는 하마같이 생긴 얼굴과 철창 속 곰 같은 거동, 거칠기 짝이 없는 태도로 유명한 거인 두블튀르크***였다. 이는 항간에 유행하는 우스갯소리에서 따온 별명인데, "터키인보다 더 힘센 존재는?"이라는 질문에 누가 "쌍둥이 터키인!"이라고 대답했다나…… 그야말로 안성맞춤인 별명이 아닌가! 예전 수감자 명부에 스스로 '두블튀르크'라고 서명했을 정도였다.

　　이날 저녁, 세 거물들께선 술을 벌컥벌컥 들이켜면서 빈 술병을 보란 듯이 진열해놓고 있었다. 그리고 제 버릇 개 못 준다고, 바닥에 가래침을 뱉어대고 손가락을 모아 대차게 코를 풀어댔다.

　　푸이나르가 문득 뒤를 돌아보더니 라클로슈 영감에게 손짓을

---

* Fouinard. 꼬치꼬치 캐기 좋아하는 사람을 일컫는 말.

** Pousse-Café. 식후 커피를 마신 뒤 맛보는 리큐르를 칭하는 이름.

*** Double-Turc. '쌍둥이 터키인'이라는 뜻.

했다.

"어이, 이리 건너오지! 자리는 넉넉하니까."

그러면서 영감을 위해 따로 맥주를 한 조끼 주문했다.

세파에 찌들었지만 순한 인상의 라클로슈 영감. 저잣거리 싸움꾼의 몸뚱어리를 간신히 추스르며 자리를 비집고 들어와 대뜸 물었다.

"여보게들, 내게 볼일이라도?"

"아니."

"그럼 뭐지?"

"당신 창고에 볼일이 있어."

"장물 숨겨두려고?"

"잠깐이면 돼…… 끽해야 한 시간."

"내 몫도 좀 있는 건가?"

"쳇…… 자그마치 100장이야."

"10만 프랑?"

"최소한 1억."

"정신 나간 소리!"

"정신 나간 건 어젯밤 우편 수송기를 몰던 영국 놈이지. 프랑스 국립은행으로 들어가야 할 금화 두 자루를 이곳에 떨어뜨렸거든."

"그러니까 이 동네에선 푸이나르 선생이 프랑스 국립은행을 대표하시는 만큼, 그걸 꿀꺽하시겠다?"

"남이 흘리고 다니는 물건 챙기는 게 원래 내가 할 일 아닌가? 누더기, 폐휴지, 남이 입다 버린 옷 등등 주워다 치우는 게 내 일 아니냐구!…… 자, 여기 번지수 잘못 찾은 자루가 있다 치자고. 그걸 두블튀르크가 짊어지고 센 강에 정박 중인 동력 바지선에 싣는 거야. 그런 다음 우리 네 명 모두 쥐도 새도 모르게 여길 뜬 다 이거지."

"짐을 지고 3킬로미터는 걸어야 할 텐데…… 그게 보통 일인 가……"

"그래서 중간에 잠시 쉬어가자는 거야. 바로 그 벽돌공장 창고 에서 숨 좀 돌리는 거지."

"몇 시?"

"자정."

"그렇다면 내가 집에 들어가서 먼저 아이들 저녁 챙기고 재워 야겠구먼. 그래야 다들 조용해질 테니까. 애들이 일곱이나 되는 데다 워낙 극성맞은 녀석들이거든."

"그럼, 오케이?"

"내 몫도 있다는데 당연히 오케이지!"

"좋았어!"

그러면서도 푸이나르는 못을 박았다.

"당신 창고에 자루 맡겨둔 동안 허튼짓하진 않겠지?"

아니나 다를까 라클로슈 영감이 자기도 모르게 눈을 깜박거렸다. 영감의 머릿속에서 비밀스레 꿈틀거리는 계획을 푸이나르가 눈치채기라도 한 걸까.

두블튀르크가 오른 팔뚝을 걷어 이두박근을 드러내 보이면서 농담처럼 내뱉었다.

"자네 정말 라클로슈가 이걸 보고도 허튼짓할 거라 생각하나? 여차하면 당장 짓이겨버리지 뭐."

라클로슈는 곧바로 꼬리를 내렸다.

"날 짓이겨버린다고? 그야 당연히 그래야겠지."

한데 별안간 벌떡 일어나더니 부리나케 창가로 다가가는 라클로슈 영감. 뭔가를 본 모양이다. 과연 덤불 뒤로 몸을 숨기면서 줄행랑치는 그림자 하나가 저만치 멀어져가고 있었다.

다름 아닌 큰딸 조제파의 그림자라는 걸 영감은 직감적으로 느꼈다. 도대체 여긴 무엇 하러 온 걸까? 왜 얘기를 엿듣고 있었나? 지금쯤 집에서 저녁 준비를 하고 있어야 하는 것 아닌가?

그는 삼인조를 돌아보며 툭 내뱉었다.

"자, 시작하자구, 이따 올 때 휘파람이나 살짝 불어줘, 알았지?"

라클로슈는 비구름이 몰려드는 저녁 어스름 속으로 걸음을 재촉했다.

그로부터 십 분 후, 그는 어느 썰렁한 공터를 에워싼 울타리의 빗장문을 밀고 들어갔다. 한쪽 구석에 라클로슈 가족이 바글바

글 모여 사는 건물이 보였다. 지금은 버려진 옛 벽돌공장의 허름한 창고였다. 창문 너머 불빛이 어른거렸다. 늘 그렇듯, 귀가하는 것이 즐거운지 그는 손바닥을 비비적거렸다. 창고까지의 어두컴컴한 통로 양쪽으로는 허구한 날 훔쳐다 놓는 농작물 찌꺼기와 넝마를 쟁여놓은 움막들이 늘어서 있었다.

육십대 나이에 단단한 몸집, 정감 어리지만 술과 향락에 찌든 얼굴의 라클로슈 영감은 이곳 '변두리' 지역에서 상당히 중요한 인물이었다. 모아둔 돈도 꽤 있을 거라 여겨지는 데다, 경찰과도 연줄이 있기 때문이었다. 결혼을 일곱 차례나 했는데, 하나같이 여자 밝히는 허풍쟁이의 감언이설에 속은 수더분한 매춘부들이 그 상대였다. 그렇게 해서 제 사람으로 만든 여자들을 그는 노예처럼 부려먹었고, 더없이 불행한 처지로 몰아넣었다.

그는 툭하면 이렇게 말했다.

"만고불변의 원칙이 있어. 되바라진 년일수록 일단 대차게 쥐어박아야 한다는 것! 그럼 웬만하면 나긋나긋해지거든. 그때 죽어라 떡을 쳐주는 거지. 그렇게 안 하면 어느 애먼 옆집놈이 슬그머니 낚아채 엉뚱하게 재미를 본단 말이야!"

그가 일곱 여자를 차례차례 갈아치우는 동안, 어느 하나도 사망 원인이 밝혀지지 않았다.

그때마다 경찰 조사를 해야 한다, 부검을 해야 한다, 동네에선 난리였다.

영감은 매번 이렇게 투덜댈 뿐이었다.

"나더러 어쩌라구? 난 의사가 아니올시다. 에르네스틴은 감기로 죽었고, 게르트뤼드는 발에 티눈이 나서 죽었나, 아마 그럴 거외다! 아님 그 반대든가…… 아무튼 나도 이렇다 저렇다 말할 처지가 못 된단 말입니다."

"어쨌든 당신이 두들겨 패지 않았소?……"

"섭섭잖게 패줬지. 그건 당연한 거고. 아니면 엉뚱한 잡놈이 수작을 부릴 텐데!"

하긴 조금만 슬픈 이야기를 들려줘도 금세 마음이 약해져 눈물 콧물 짜대는 이 덩치 큰 어린아이를 과연 누가 의심할 수 있었겠는가! 오죽하면 친구들이 그를 일컬어 '눈물을 달고 사는 놈'이라면서, 파리 한 마리 못 죽일 위인이라고 입을 모으는 판이었다. 예컨대 술잔 속에 파리가 한 마리 빠지면 그걸 잡아 죽이느니 그냥 꿀꺽 삼키곤 한다나. 심금을 어루만지거나 선의를 부추기는 일 앞에서 그는 한마디로 바보 숙맥으로 통했다.

아무튼 일곱 여자로부터 그는 일곱 아이를 얻었다. 그중 네명, 조제파, 샤를로트, 마리테레즈, 앙투아네트는 계집아이고 나머지 셋, 귀스타브, 레옹스, 아메데는 사내애였다.

아이들에 대해 그는 이렇게 말하곤 했다.

"한 가지 난처한 건 그 일곱 명이 나로선 자꾸 헷갈린다는 거지. 조제파를 누가 낳았더라? 레옹스 어미는 또 누구고? 도무지

갈피를 잡을 수가 없거든. 이럴 줄 알았다면, 휴대품 보관대에 번호를 매겨놓듯이 어미들 이마에 숫자를 새겨놓고 아이들을 아예 번호로 부를 걸 그랬어. 그랬다면 틀림없을 텐데 말이야. 게다가 난 계집애가 셋이고 사내애가 넷인 줄 알고 있었다니까. 한데 알고 보니 그 반대더라구. 어쨌든 전부 합해 일곱인 건 마찬가지지. 하긴 아무러면 어때, 걸핏하면 지지고 볶아서 탈이지.”

영감은 창고 안으로 들어서며 소리쳤다.

“저녁 준비됐나?”

조제파가 행주를 손에 들고 부엌에서 달려나왔다.

“네, 아빠. 아메데와 함께 곧 저녁 차릴게요.”

라클로슈는 대뜸 딸의 귀를 틀어쥐며 캐물었다.

“아까 ‘변두리 주점’ 창문 밖에서 무엇 하고 있었냐?”

소스라치게 놀란 조제파가 더듬거렸다.

“제, 제가요?…… 전 계속 요리만 하고 있었어요…… 보세요…… 소고기찜 만들었어요……”

조제파는 식탁보를 깔기 위해 탁자 위에 어질러진 교과서와 공책들을 부랴부랴 치웠다. 라클로슈 영감이 그것들을 무심코 펼쳐보더니 험악한 목소리로 으르렁댔다.

“샤를로트, 이리 오너라!…… 빨리 못 오지!……”

열네댓 살쯤 되었을까, 해맑게 생겼지만 어딘지 병약해 보이는 꼬마 아가씨가 놀란 표정으로 주춤주춤 다가왔다.

"네 신성한 역사책이 잉크자국투성이더구나, 샤를로트! 계집애가 그렇게 칠칠치 못해서야! 당장 채찍 가져와."

아이는 가죽끈을 여러 개 꼬아 만든 채찍을 벽에서 내려 부들부들 떨며 가지고 왔다.

"윗옷 올려."

아이는 시키는 대로 했고, 가엾게도 뼈가 살가죽을 뚫고 튀어나올 것처럼 깡마른 상체가 드러났다.

"무릎 꿇어!"

"아빠…… 아빠…… 제발 살살 때려주세요…… 너무 아프게 때리지 마세요……"

"머리 숙이고 입 닥쳐!"

영감은 팔을 높이 치켜들었다. 한데 그대로 꼼짝 않는 것이었다. 허공에 채찍을 든 채 정면을 노려보고 있는 그의 앞에 맏딸이 꼿꼿이 버티고 서 있었다.

"조제파, 지금 너 뭐 하자는 거냐?"

"샤를로트한테 손대지 마세요!"

"꺼져! 내가 이 집 주인이다."

"그만둬요. 아이가 아프다구요. 때리면 죽을지도 몰라요. 이제 지긋지긋해요…… 우리 모두 다 지쳤어요, 안 그러니 얘들아?"

조제파가 동생들을 바라보며 외쳤지만, 다들 쥐 죽은 듯 감히 나설 표정이 아니었다.

영감은 채찍 든 팔을 더욱 높이 쳐들었다. 야무지게 외치는 맏딸의 손에는 어디서 난지 모를 권총이 들려 있었다.

"손 하나 까딱하면 머리통을 날려버릴 거예요!"

조제파는 전혀 수그러들 말투가 아니었다. 영감이 내뱉듯 대꾸했다.

"자식한테 청결함을 가르쳐야 할 것 아니냐!"

"때리지 말고 가르쳐요. 아이가 잉크 흘리는 거야 당연하죠. 정 때려야겠으면 저를 때려요. 그럼 쟤도 더 잘 알아듣고 앞으로 주의할 거예요."

"그 말 진심이냐? 네가 얘 대신 옷을 걷고 무릎을 꿇겠다고?"

"못할 것 없죠."

순간 영감의 눈빛이 번득였다.

"오냐, 옷 벗어라."

딸은 칼라부터 시작해 천천히 블라우스 단추를 풀었다.

"무릎 꿇어! 어서! 그리고 권총은 내려놔."

고분고분 복종하는 조제파.

저지 블라우스 자락이 조용히 들춰졌다. 부드럽기 그지없는 새하얀 등허리가 고스란히 드러났다.

"준비됐냐?"

"어서 때려요…… 절대로 딴소리 안 할 테니까."

마침내 채찍이 허공을 갈랐다.

순간, 펄쩍 뛰어 일어나더니 두 주먹을 불끈 쥔 채 다시금 영감에 맞서는 조제파.

"아무래도 안 되겠어! 안 돼! 더이상은 안 된단 말이야!……이 나이에 무릎을 꿇다니, 있을 수 없어! 매를 맞는 것도 말도 안 되고! 당신 정말 짐승이야!"

라클로슈는 그 자리에 못 박힌 듯 꼼짝도 못했다. 휘둥그레진 두 눈으로 소녀의 몸뚱어리를 뚫어져라 바라보면서 그는 이렇게 중얼거렸다.

"너…… 너 여자애 아니었니? 조제파…… 너, 사내애였어?"

"그래, 나 남자야…… 진짜 이름은 조제팽이고. 사람들이 다 알고 있어…… 엄마도 물론 알고 있었고."

영감은 계속 더듬거렸다.

"네 엄마가…… 이런 고약한 년 같으니!"

그때였다, 영감의 얼굴에 매서운 따귀질이 날아든 것은! 숨이 턱 막히는 모양이었다.

"헉…… 이거…… 제법이네!"

그러고는 다시 또 그 소리……

"못된 년 같으니라구!"

이번에는 따귀질과 함께 앙칼진 몇 마디가 따라붙었다.

"엄마의 명령이야…… 당신이 이름도 모르는 내 엄마…… 앙젤리크, 제일 예쁘셨지…… 엄마는 사랑으로 몰래 나를 키우면서 이렇게 말씀하셨어…… '너는 앞으로 계집애인 척하면서 커야 한다. 그래야 너를 지나치게 부려먹지 못해. 세월이 지날수록 너는 강해질 거다. 그래서 나중에 네가 저 인간보다 강해진 걸 느끼고, 그때 너나 동생들한테 손을 대면, 저 인간을 아주 박살내버리는 거야! 실은 나도 저놈의 대갈통을 수프 그릇으로 한번 후려친 적이 있단다. 꼼짝도 못 하더구나! 너도 그렇게 하면 된다. 일단 그러고 나면, 네가 바로 대장이 되는 거야. 저 인간 사실은 겁쟁이란다……'"

라클로슈는 팔짱을 끼고 상대를 꼬나봤다. 그래봤자 아직은 애송이일 뿐, 맞붙어 싸워보는 것도 재미있을 것 같았다. 대신 제대로, 단번에 본때를 보여주는 거다! 영감은 씩 웃으면서 권총을 집어들었다.

"그러면 안 되지, 아빠. 지금 누가 누구를 죽이자는 게 아니잖아. 버릇만 살짝 고쳐주겠다는 거지."

그래도 라클로슈 영감이 끝까지 고집을 부리며 무기를 들이대자, 조제팽은 그 자리에서 훌쩍 몸을 날렸다. 전광석화 같은 발차기 한 번으로 손에 쥔 권총이 저만치 나뒹굴었다.

라클로슈가 또 으르렁댔다.

"제기랄! 이럴 수가!"

"어서 덤벼보시지!"

영감은 조제팽을 와락 움켜잡으며 내뱉었다.

"좋다, 어디 두고 보자!"

아예 몸통을 으스러뜨리겠다는 듯 온 힘을 다해 조제팽을 부둥켜안았다.

그는 웃음을 터뜨리며 뇌까렸다.

"이러다가 너 으스러진다! 어른한테 용서를 구해라. 그럼 풀어주마."

"용서를 구하라?"

팔팔한 소년의 일격이 날아가 꽂힌 건 그 직후였다. 노인은 곧장 신음을 토해냈다.

"아윽! 이놈의 자식이…… 이런 건 대체 어디서 배웠어? 네놈이 내 팔을 부러뜨렸어……"

"천만에…… 부러지지 않았어…… 기껏해야 힘줄이 조금 찢어졌을 뿐이야."

"빌어먹을! 우라질! 이놈이 제법 사람 팰 줄 아네그려……"

영감은 힘없이 축 늘어진 팔을 부여잡고 고통에 이를 갈았다. 그러면서 조제팽을 찬찬히 뜯어보았다. 혈기 왕성한 야수의 눈빛에 무자비한 표정이었다.

소년이 말했다.

"괜찮을 거야, 아빠. 물론 지금은 장난이 아니겠지. 하지만 조금씩 마사지하고 잘만 조리하면 더이상 아프지 않을 거야. 이리 내봐, 내가 해줄게…… 자, 이제 됐어."

소년은 영감을 부드럽게 끌어안고 귓가에 속삭였다.

"아빠, 특별히 앙심은 없어. 다시는 그러지 마. 다 함께 잘 지낼 수 있을 거야! 모든 게 아빠 하기 나름이라구…… 자식을 학대할 이유가 없잖아?"

라클로슈는 많이 진정된 듯, 한풀 꺾인 기세로 중얼거렸다.

"그건 그렇지. 이 채찍도 불에 던져버려라. 하지만 네 어머니 말이다, 어여쁜 앙젤리크…… 그 여자 너무 치켜세우지 않는 게 좋을 거다. 내가 입만 열면 너도 어쩔 수 없이 고개가 폭삭 꺾일 얘기가 많아."

"응, 대충 무슨 말 하려는지 나도 알 것 같아. 엄마가 바람 피운 거지? 야호, 신 난다! 앙젤리크, 만세!"

"그 정도가 아니야……"

"그럼 혹시 당신이 내 친아빠가 아닌가? 야호, 제발 그렇게 말해줘! 너무 좋겠다!"

조제팽은 라클로슈에게 바짝 다가가, 한층 내리깐 목소리로 신랄하게 중얼거렸다.

"모략질은 그 정도면 됐어! 당신이란 사람, 내가 지겨울 정도로 잘 알지. 내가 만약 경찰에 신고해서 당장 비밀 서랍을 수색하고 그 안에 있는 백색 가루의 성분을 분석하게 만들면 어떨까? 그땐 아마도 누군가 나서서 엄마와 다른 여자들의 죽음에 관해 당신한텐 다소 껄끄러운 내용을 털어놓게 되지 않을까? 하지만 그 얘기는 일단 접자구. 이제 당신은 내 밥이나 마찬가지고, 앞으로는 내 뜻에 고분고분 따르는 게 좋다는 걸 명심하면 그만이니까. 쳇, 귀가 있으면 알아듣겠지 뭐!…… 아, 그리고 잊지 마. 내가 주인이고, 대장이야! 당신은 애들과 똑같이 내 말에 복종해야 해. 그러고 나서 아이들은 내가 추스를 거야."

영감의 얼굴이 하얗게 질렸다. 입술을 깨물고 두 주먹을 불끈 쥔 채, 그는 당장이라도 폭발할 것 같은 기분이었다. 하지만 꾹 참았다. 이 거침없는 사내 녀석이 여간 두려운 게 아니었다. 때가 되면 이 수모를 갚아주리라, 라클로슈는 내심 이를 갈고 있었다.

5
코코리코

쥘랭빌 지역에서 절도나 살인 혹은 여타 범죄 행위가 발생하는 족족 경찰과 사법부, 시정 당국, 나아가 지역민 모두의 시선이 '살인마 트리오'에게로 향했다. 전과로 얼룩진 냉혹한 과거와 현재의 생활방식으로 보아 어쩔 수 없이 그들에게 혐의가 쏠리는 것이었다.

아니나 다를까, 전날 저녁 '변두리 주점'에서 삼인조가 회동했고, 자루가 떨어진 경기장 별관을 향해 곧장 이동했으며, 군경 네 명과 프랑스 국립은행에서 고용한 사설탐정 대여섯 명이 지키고 있음에도 불구하고 그 자루들이 감쪽같이 사라졌다는 소식은 오전 아홉시가 되자 이미 사람들 사이에 파다하게 퍼졌다. 보초를 선 몇 안 되는 인원 중 무사한 사람은 단 세 명. 나머지는 두블튀르크가 휘두른 몽둥이에 모조리 나가떨어졌고, 그사이 푸이나르와 푸스카페가 신속하게 보물을 날랐다.

"덩치 큰 자의 얼굴을 보았소?"

"그럼요!"

"공범들도 알아볼 것 같소?"

"간신히 알아는 볼 것 같습니다."

수사관들이 즉각 활동을 개시했다. 밤새 비가 내렸기 때문에, 술집에 이르는 길과 그로부터 뻗어나온 또다른 길의 물 먹은 흙바닥에는 세 명의 발자국이 고스란히 남아 있었다. 하나같이 벽돌공장터 쪽으로 향하고 있었다. 수사관들이 창고 초인종을 누르자 아이들이 나와 불청객들을 맞이했다. 창고 바닥 한가운데 솟은 기둥에 재갈을 물린 라클로슈가 꽁꽁 묶여 있었다.

결박을 풀어주자 그는 길길이 뛰었다.

"천하의 나쁜 놈들! 순 강도자식들! 놈들이 나를 밖으로 불러내더니 자루를 지키고 있어달라더군요. 그사이 자기들은 센 강에 정박해둔 배로 가서 보강 인력을 데려오겠다며 말입니다. 제가 싫다고 했더니 다짜고짜 두들겨 패고 이렇게 묶어놓지 않겠습니까. 우라질 놈들 같으니라구!"

"당신을 결박해서 이 안으로 데리고 들어온 자가 누구요?"

"모르겠습니다."

"그래, 당신 생각에 그들이 지금 어디 있을 것 같소?"

"배에 있겠죠."

"그럼 발자국만 따라가면 되겠군?"

"그렇죠. 강을 따라 죽 내려가다보면 증기선이 대기하고 있을 겁니다."

하지만 그의 설명만큼 간단한 일이 아니었다. 삼인조가 남긴 발자국이 더이상 눈에 띄지 않을뿐더러, 창고까지 이어져온 발자국들과는 전혀 다른 누군가의 흔적이 새롭게 발견된 것이다. 사라진 바지선은 모터사이클 군경대 소속 군경 한 명이 한 시간 후 퐁투아즈 유역에서 발견했다. 배 안에는 '살인마 트리오'도 금화 자루도 없었다.

군경이 돌아와 상황 보고를 하는 동안, 라클로슈 영감과 일곱 명의 아이들(조제팽은 날렵한 몸매와 떡 벌어진 어깨가 돋보이는 멋진 새 옷 차림이었다)은 아침식사를 하고 있었다. 식사를 하면서도 그들은 수사관들이 나누는 얘기에 촉각을 곤두세우고 있었다.

바로 그때였다! '변두리 주점' 너머 센 강 쪽으로 한참 떨어진 곳에서 난데없는 닭울음 소리가 솟구치는데, 보통 닭울음과는 차원이 다르게 날카로운 소리였다. 깜짝 놀랄 만한 소리의 파동이 대기 속을 힘차게 뻗어나가면서, 가까운 구릉들에 부닥쳐 일으키는 메아리가 이런 식으로 이어지고 있었다.

"코코─리코!…… 코코─리코!……*"

일곱 명의 남녀 아이들이 마치 군사훈련을 통해 학습된 동작처럼 일사불란하게 벌떡 일어났다! 두번째 '코코리코'가 좀더 우렁차게 솟구치자, 이번에는 다들 부르르 몸서리를 쳤다. 마침내 세번째 '코코리코'가 울려퍼지는 순간, 아이들은 문과 창문을 통해 용수철처럼 집 밖으로 뛰쳐나갔다!

너나 할 것 없이 쥘랭빌 변두리 지역으로 내달리고 있었다. 도로를 따라 달리든, 오솔길을 파고들든, 황량한 들판을 가로지르든, 다들 같은 방향으로 달리는 것만은 틀림없었다. 숨이 턱까지 차올라도 속도를 늦추지 않는 모습들이, 필경 어떤 분명한 목적지에 가장 먼저 당도하고 싶어 안달인 듯했다.

목적지라…… 과연 어디일까? 조제팽이 나머지 아이들보다 삼십 초는 먼저 당도한 바로 이곳일까? 소년은 하얀 울타리를 훌쩍 뛰어넘어 다갈색 풀밭이 펼쳐진 드넓은 공터로 들어섰다. 낮은 둔덕 위에 아직은 정정해 보이는 한 중년남자가 우뚝 서 있었다. 반바지 차림에 걷어붙인 팔뚝과 당당한 가슴팍은 운동선수 풍채였고, 장교 모자와 금단추 달린 카키색 상의는 참전용사 분위기를 풍겼다.

"코코리코!"

조제팽은 얼른 그에게 다가가 두 손을 내밀었다. 남자는 그 손

---

* 우리말의 '꼬끼오'에 해당함.

을 마주 잡더니, 소년의 눈을 들여다보며 말했다.

"조제팽, 결국 충돌이 있었구나. 네 표정을 보니 알겠어……"

"네. 그다지 힘들지는 않았어요."

조제팽은 라클로슈와 있었던 일을 자세히 이야기해주었다. 한데 다소 흥분하는 기색을 보이자 남자가 말을 중단시켰다.

"멈춰!"

"캡틴, 정말 흥미진진한 이야기가 남았는데요!"

"나도 알고 있다! 하지만 내가 가르친 중요 원칙이 무엇이지? 어떤 경우에도 냉정을 잃지 말고, 자기 자신을 완벽히 제어하는 것이다. 감정을 겉으로 드러내지 말고, 목소리가 떨려서도 안 돼. 눈빛은 차분하게, 목소리는 조용하게. 알겠나? 좋아, 그렇지! 웃어봐. 완벽해! 자, 이제 얘기해라. 그 늙은 놈팡이가 네게 뭐라 했다고?"

"엄마가 그리 정숙한 여자는 아니었대요."

"그래서 넌 뭐라고 했느냐?"

"다행이라고 했죠."

"그게 전부야?"

"아뇨. 제가 자기 아들이 아닐 수도 있다는 암시를 주더군요."

"그래서 또 뭐라고 했지?"

"와우, 아빠, 제발 그랬으면 좋겠어!……"

"잘했다!"

"그런데 말이에요, 캡틴, 그자가 아버지가 아니라면…… 도대체 누가 제 아버지인 거죠? 당신은 알 것 같은데요…… 부탁입니다, 말씀해주세요……"

"조제팽, 우리 모든 걸 너무 말로 털어놓으려고 하지는 말자. 그보다는 서로의 가슴으로 사고하고 행동하는 것이 중요해."

두 사람이 대화를 나누는 사이, 나머지 아이들이 속속 도착하고 있었다. 캡틴은 간간이 목청을 높여 소집 구령을 거듭 외쳤다. 소년과 소녀, 그보다 어린 아이들까지 사방에서 달려오고 있었다. 그중 먼저 울타리를 넘은 아이들은 여러 팻말이 세워진 지점으로 제각각 모여들었는데, 거기엔 '백인 아가씨' '모발 사냥꾼' 등등 그룹별로 독특한 명칭이 적혀 있었다……

그때 웬 남자 두 명이 군경과 사설탐정 들을 대동하고 나타나더니 캡틴과 조제팽이 서 있는 둔덕으로 조용히 다가왔다. 지극히 점잖고 절제 있는 악수가 오갔다. 캡틴이 팔을 높이 쳐들자 우렁찬 함성이 울려퍼졌다. 이어서 적막이 흐르는 가운데, 정신을 가다듬으려는 마음가짐, 앞으로 일어날 활기찬 무언가에 대한 조심스러운 기대감이 감돌았다. 별안간 캡틴의 카랑카랑한 구령이 치솟았다. 단호하고 강렬한 음절로 딱딱 끊어지는 소리에 맞추어 구부렸다 폈다 절도 있는 체조 동작들이 일사불란하게 펼쳐지기 시작했다. 마치 너른 들판에 무르익은 벼이삭들이 비바람에 휘어졌다 곧추섰다 하는 광경 같았다.

"쉬어!"

모두 땅바닥에 벌렁 드러누웠다. 잠시 그대로 시간이 흘렀다. 다시금 체조 동작이 시작되었고, 새로운 '쉬어' 구령과 더불어 이번에는 일제히 제자리에 쪼그려 앉았다. 바로 그 자세를 유지한 채 아이들은 캡틴의 위엄 넘치는 목소리를 타고 또박또박 들려오는 말소리에 귀 기울였다.

"제군들, 이렇게 매일 즐거운 마음과 당당한 자신감으로 체조에 임해주어 고맙게 생각한다. 이 체조가 끝나면 각자의 일상으로 돌아갈 텐데, 부디 지금 마음속에 품은 열정과 진지함, 집중력을 그대로 가져가 생활하길 바란다. 제군들은 모두 오늘 할 행동에 대해 스스로 책임을 져야 한다. 누구든 매일 훌륭한 행동만 하며 살 수 있다고는 생각하지 않는다. 다만 항상 자신의 체력과 정신력, 자긍심을 최대한 발휘하여 행동하는 것은 얼마든지 가능하다. 아무리 어리다 해도, 누가 나를 모욕하거나 내리누르려 한다면 분연히 맞서 자신을 지켜낼 줄 알아야 한다. 불의를 강요하는 자에게는 반드시 반항해야 한다. 아버지, 어머니가 이성을 잃고 여러분을 때린다면 그에 저항하고 누구든 찾아가서 도움을 청하라. 아이의 행복을 책임진 사람들의 잘못으로 아이 자신이 불행해져서는 안 된다. 만약 아무도 도와주는 사람이 없으면, 나를 찾아오라. 나는 제군들의 신체 유연성을 담당하는 교사일 뿐 아니라, 한 명 한 명 안전을 책임지고 지키며 사랑하는 사람이다. 그럼 오늘은 이만. 내일 또 보자!"

집합이 다소 혼잡스럽고 자유분방하게 이루어진 데 반해, 해산은 질서정연하게 진행되었다. 아이들은 제각기 정해진 길로 빠져나가는 것 같았다. 울타리를 무작정 뛰어넘는 것이 아니라 살짝 밀면 틈이 열리는 지점을 통과해서 나갔다. 이제 공터에는 아까 다가와 악수를 나눈 두 남자와 그 일행만이 남았다. 그들은 무언가를 찾는 것처럼 뚫어져라 땅만 바라보며 서성대고 있었다. 그러다가 둔덕 발치에 와서야 걸음을 멈추었다.

제일 중요한 인물로 보이는 자에게 캡틴이 물었다.

"이보시오 선생, 무슨 일입니까? 지금 이곳이 사유지라는 걸 깜빡하신 것 같은데……"

"죄송합니다. 우리는 여기가 시市유지인 줄 알았습니다. 저는 수사판사 푸르비에라고 합니다. 센 강 지구 검사국 요청으로, 영국 항공기에서 추락한 금화 자루에 관한 사건을 조사하러 나왔지요. 여기는 검사장님을 포함해 저와 일을 할 사람들입니다."

캡틴이 말을 받았다.

"금화 자루에 관한 소문을 듣긴 했습니다. 그게 사라졌다죠?"

"네. 아울러 탈취용의자로 의심되는 자들도 감쪽같이 사라졌지요. 그 발자국을 우리가 발견하긴 했습니다만……"

"발자국이 이곳까지 이어졌나요?"

"그렇습니다. 지금 제가 서 있는 바로 이 자리까지요."

수사판사와 같이 온 사람들이 슬그머니 움직이더니 순식간에 캡틴을 에워쌌다. 캡틴은 어리둥절한 표정으로 그들을 바라보다가, 그만 웃음을 터뜨렸다.

"오호호호, 수사판사님, 그러고 보니 금화 자루든 탈취용의자든 깡그리 사라져버리긴 한 모양입니다그려! 지금 이 자리에 자루도 용의자도 온데간데없는 걸 보면……"

수사판사는 넌지시 떠보는 어조로 대꾸했다.

"그건 그렇습니다만…… 어인 일인지 용의자의 흔적이 선생 뒤로 계속 이어진 것 같아서 말입니다…… 언뜻 토치카처럼 보이는 저 뒤 철문 쪽으로 웬 움푹한 길이 이어져 있군요……"

"아, 거기…… 로마시대 참호였죠. 지금은 포도주 저장고로 쓰고 있구요."

캡틴은 자리를 비켜 일부러 길을 터주었다. 푸르비에 씨는 벽돌과 돌멩이들을 다져 만든 그곳을 샅샅이 둘러보고는, 여전히 땅에 새겨진 발자국을 유심히 살피며 돌아와 말했다.

"안에서 무슨 소리가 들리네요. 사람 목소리인데, 신음 소리 같기도 하고……"

"글쎄요, 제가 이 손으로 세 도둑놈을 저 안에 가둬놓기라도 한 걸까요?"

캡틴의 말에 푸르비에 씨가 덧붙였다.

"어쨌든 세 발자국 모두 저곳까지 이어져 있더군요. 근데 또다른 발자국 하나는 투박한 장홧발로 생긴 게 아니라, 아주 우아하고 세련된 구두 자국이에요. 크기도 훨씬 작고 말이죠."

"수사판사님은 그 발자국들을 제가 신은 이 구두와 지금 당장 비교해보고 싶겠죠?"

대답을 기다릴 필요도 없었다. 캡틴은 곧장 움푹한 길로 걸어가 문제의 발자국 중 하나에 자기 구두를 맞춰보았다. 형태와 크기가 정확히 일치했다.

사설탐정 두 명이 즉각 양옆으로 붙어 팔을 부여잡았다. 그중 한 명이 물었다.

"열쇠는…… 어디 있지?"

캡틴이 내민 큼직한 녹슨 열쇠로 철문은 손쉽게 열렸다. 안에는 남자 셋이 잔뜩 쪼그리고 붙어 앉아 툴툴거리고 있었다. 다름 아닌 '살인마 트리오'!

모두 밖으로 끌어냈다.

두블튀르크가 주먹을 흔들어대며 으르렁거렸다.

"그래 저놈이 배에 접근하는 우리를 덮쳤어! 올가미를 던져 내 목을 졸랐지. 저놈 맞아……"

그러자 캡틴이 씩 웃으며 말을 받았다.

"결국 나 혼자서 너희 세 놈을 모조리 붙잡아 이리로 끌고 왔다는 건가?"

"그래! 밧줄로 내 목을 감아 질질 끌고 왔잖아! 다른 녀석들은 마치 귀신한테 홀린 것처럼 꼼짝달싹 못 하더구먼. 푸이나르와 푸스카페가 얌전히 자루를 운반했지. 그렇게 우리를 저기 가두고 나서, 금화는 그쪽이 독차지했고 말이야."

"저런…… 그럼 삼 대 일 상황에서 다들 넋 놓고 당하셨단 얘기인가?"

"그럴 수밖에 없었지. 희한한 기술을 부려 사람을 꼼짝 못 하게 만들어버리니…… 바늘로 찔렀는지 집게로 비틀었는지 그야 알 수 없는 거고…… 아무튼 다들 자기도 모르게 끌려가더라니까!"

이때 푸르비에 씨가 캡틴 곁으로 다가서더니 낮은 목소리로 불쑥 물었다.

"자루는 어떻게 한 거요?"

"아니, 수사판사님, 저 인간이 지껄인 얘기 중에 단 한 마디라도 지금 믿으시는 겁니까? 그렇다면 내가 정말 저 거한과 패거리 두 명을 혼자서 제압했다는 거예요?"

"내가 보기에도 무척 어려운 일 같소만…… 어쨌든 꾀로 완력을 누르는 일은 종종 있는 법이니까. 도대체 당신 정체가 뭐요?"

"정식 신문인가요?"

"대답하고 안 하고는 당신 자유요."

"나는 비밀 같은 건 없는 사람이외다."

그러고는 당당한 어조로 말을 잇는 캡틴.

"앙드레 드 사브리 대위. 예비역 장교이자 자원교사로서 파리 북부 외곽 학생들을 돌보고 있소. 이 지역에서는 '캡틴 코코리코'로 불리지."

"사는 곳은?"

"여기 살고 있소."

"저 참호에?"

"천만에. 저기 두 버드나무 사이에 설치된 해먹이 보이지 않소? 그 바로 아래 그루터기는 탁자로 사용하는 거올시다. 거기 담배쌈지하고 셔츠 두 벌 말리려고 펴놓은 것 안 보여요?……"

"아니, 비라도 내리면 어쩌려고?"

"까짓 비야 방수포 하나 뒤집어쓰면 그만이지."

"별로 아늑할 것 같진 않은데."

"제법 위생적이라오."

"본업은?"

"고고학자, 도시계획가, 강연자, 교육자."

"소득은?……"

"명예요. 내겐 그것이 아주 중요하지. 우선 고고학자로서 나는 로마의 갈리아 정복기에 이루어진 기념물과 업적에 지대한 관심을 갖고 있소. 그동안 마이엔 도道의 쥐블랭에 있는 로마군 진지를 발굴했고, 릴본의 고대 극장을 복원했을 뿐 아니라, 노르망디와 파리 주변 지역에 율리아누스 황제가 세운 여러 도시들을 되살려놓았소. 이곳 역시 쵤랭빌이라는 이름에 이끌려 오게 된 것이오. 와 보니, 여기 터 주변으로 고대 성곽의 흔적이 눈에 보이더군. 그래서 일단 땅부터 사들였고, 지금 우리가 서 있는 이 둔덕을 중심으로 발굴 작업을 진행해왔지. 그러던 중 고대 요새지의 중심을 차지하는 참호가 고스란히 드러난 거외다. 정복자들은 저런 은밀한 장소를 마련해 무기와 보물을 감춰두곤 했다오."

"물론 당신이 이미 손을 댔을 테고?……"

"보물 말이오?…… 그야 당연하지! 금가루가 대략 50만 프랑어치는 되더군. 그걸 삼등분해서 나, 이 땅의 전 주인 그리고 마을 자치구 몫으로 공평하게 나누었소. 국가 최고 행정재판소에서 정식으로 승인한 절차였고. 이보시오, 수사판사 나리, 그 어떤 정직한 사람이 내 입장이었어도 이만큼 깨끗하게 일을 처리하지는 못했을 거외다…… 자, 이제 도시계획가로서 이야기할 차례요."

'캡틴 코코리코'는 푸르비에 씨의 팔을 붙잡고 자기 땅에서 하천 쪽으로 펼쳐진 지역을 거닐기 시작했다.

수사판사가 문득 외쳤다.

"이쪽으로는 전망 자체가 확 달라지네! 여기까지 오는 동안에는 지역 전체가 지저분하고 불결해서 처량할 정도였는데, 이쪽은 깨끗하고 반듯하니, 아름답기까지 해!"

"그게 바로 도시계획이라는 거요! 문둥병과 추악함이 만연한 소굴에서 신선함을 창출해낸다는 것은 정말 가슴 뜨거워지는 경험입니다. 더러운 누옥이 있던 자리에 깔끔하게 단장된 집이 들어선다는 것, 방수용으로 역청을 칠한 판잣집들이 우글거리고, 음식찌꺼기, 배설물, 죽은 짐승 사체가 나뒹굴던 진창 대신 시원한 도로와 보도가 깔리고 깨끗한 흙을 밟을 수 있다는 것 말입니다! 거리의 모습을 계획하는 일, 길들을 반듯하게 재단하고, 땅을 파서 수로를 정렬하고 운하를 만들며, 인도를 구획하는 일이란 얼마나 즐거운 작업인지요! 어디 그뿐이겠습니까, 가로등을 세우고, 전선망을 구축하며, 나무를 심어 공원용 녹지를 조성하는가 하면, 공연장과 음악당 그리고 집주인 서랍 속 영수증 철이 누렇게 바래도록 집세라고는 내본 적이 없는 노동자들 쉼터도 제대로 한번 번듯하게 마련해주는 것은 또 어떻고!……"

"그 모든 일엔 어마어마한 돈이 들어갈 텐데?……"

"어마어마?…… 그 이상이지요, 판사님!"

"엄청난 부자이신가봅니다?"

"엄청?…… 그 이상올시다, 판사 나리!"

"그래도 그렇지, 어떻게 그 모든 걸 충당한단 말이오?……"

"실은 충당 못 하고 있소. 아무리 내가 부자여도, 이 일로 지금은 거의 파산상태이니까……"

"그렇다면?"

"그렇다면…… 도둑질이라도 해야지."

6
기이한 인물

"도둑질을?"

수사판사가 깜짝 놀라며 되물었다.

"물론 다른 이름으로. 내 안에는 두 인간이 존재하오. 하나는 앙드레 드 사브리, 다른 하나는……"

순간 수사판사가 말을 가로챘다.

"아르센 뤼팽!"

그제야 털어놓는 '캡틴 코코리코'.

"뭐 그런 셈이지. 파리 경찰청장 직속 특별 기술고문이면서 내무부 소속 고고학자이자 도시계획 전문가, 교육부 및 보건부 소속 지도원指導員, 무엇보다 사법부가 인정하는 '의로운 시민'…… 어떻소, 수사판사 양반, 아르센 뤼팽의 이력을 마무리하는 타이

틀로 이 정도면 제법 깜찍하다고 생각지 않소?"

"뤼팽이 사망했다는 소문을 들은 적이 있소만……"

"글쎄요, 뤼팽이야 그럴 수도 있겠지. 하지만 나는 아니오! 한창 나이에 죽는 건 너무 멍청한 짓이야."

"도대체 나이가 어떻게 되오?"

앙드레 드 사브리가 차갑게 내뱉었다.

"마흔. 그 언저리라고나 할까. 거기에 왕성한 기력 갖추었지, 잘나가는 전문직 두세 종을 자유자재로 넘나들지, 그것도 모자라 훔칠 돈까지 수두룩한……"

"혹시 돈 말고는?"

"물론 금도 환영이지. 참호에서 발굴한 금의 반만 신고한 것도다 그 때문이고."

"앞으로 무슨 계획이라도 있는 거요?"

"아무렴, 알면 뒤로 홀라당 넘어갈걸!"

"결국 금화 자루를 접수할 생각이오?"

"그럴까봐 나도 걱정이외다."

"만약 당신을 체포하고…… 전문 회사에 의뢰해 이곳을 파헤친다면?"

"시간 낭비지. 체포해봤자 난 탈출할 테고, 언제든 다시 돌아와 내 몫을 챙길 테니까. 무엇보다 당신은 나를 체포할 수 없을 거요. 당신 상관들이 허락하지 않을 테니까."

"수사판사가 눈치 볼 상관은 없소이다, 대위."

두 사람은 꼿꼿이 버티고 선 채 서로를 노려보았다. 수사판사가 천천히 말을 이었다.

"어쨌든 내가 당신을 체포한다면 무슨 일이 벌어질까? 당신의 그 사회적, 법적 지위는 생각하는 것만큼 그리 공고하지 않을 수도 있소. 일단 내가 당신을 잡아 가두고 7억 프랑어치 금화의 탈취 및 은닉 혐의를 뒤집어씌운다면, 아무도 당신을 못 건드리던 시기의 범접할 수 없는 인물 행세를 더는 할 수가 없을 거요. 자, 어떻소, 내가 기어이 행동에 나선다면?"

캡틴은 잠시 생각에 잠겼다. 만만치 않은 위협인 건 분명했다. 잠시 후, 그는 참호 쪽으로 가서 선이 길게 연결되어 있는 전화기를 가지고 돌아왔다. 푸르비에 씨에게 전화기를 내밀며 그는 이렇게 말했다.

"방금 경찰청에 전화해서 연결시켜놓았습니다. 지금 청장께서 대기 중이니 받아보시죠."

수사판사는 전화를 건네받았고, 사브리는 자리를 피해주었다.

통화를 마친 푸르비에 씨가 그의 곁으로 다가와 씩 웃으며 말했다.

"이건 뭐 당신에 관한 정보라기보다는 무한정한 예찬이라고 해야 맞을 것 같소이다, 대위. 그것도 당신의 공적이라기보다는 평소 품행에 관한 칭찬들…… 아, 물론 그것도 대단하긴 하오. 전쟁 중에 당신이 모로코를 수호했다고 하더군. 뿐만 아니라……"

앙드레 드 사브리는 얼른 고개를 내저었다.

"그 당시 리요테*라는 분의 공이 컸죠."

"바로 그분이 그토록 당신을 치켜세우더라는 겁니다."

"원수께서 겸손도 하시지."

"겸손하긴 당신도 마찬가지요, 대위. 뿐만 아니라, 또 하는 얘기가……"

"판사님, 간단히 말씀하시죠."

"그럽시다. 실은 당신을 완전히 신뢰하고 적극 협력하는 게 좋을 거라고 충고하더군요. 당신이란 사람은 처음엔 좀 천방지축으로 보일지 모르나, 실상은 아무리 어려운 목표도 가장 확실하고 적절한 방법으로 관철해낼 능력을 가진 대단한 조력자라는 겁니다."

"그럼, 체포영장은 물 건너간 겁니까?"

"말해 무엇하겠소. 문제는 당신이 동의하지 않을 목표를 과연 어떻게 관철하느냐겠지……"

"무슨 목표인데 그러시오?"

---

* Louis Hubert Lyautey(1854~1934). 프랑스 보호령이 된 모로코 초대 총독. 『호랑이 이빨』에서는 모로코 평화 통치를 위해 루이스 페레나와 비밀회담을 전개한 프랑스 장군 로티로 등장한다.

"자루를 반환하는 것."

"어디로 반환한단 말이오? 프랑스 국립은행? 영국 은행?"

"그게 아니고, 애당초 사람들의 만류를 뿌리치면서 자루들을 항공편으로 전달하길 원했던 당사자에게 되돌려주는 겁니다. 바로 해링턴 경에게 말이죠."

그때 날렵한 몸매의 소년이 불쑥 끼어들었다.

"무슨 일인가, 조제팽?"

"편지입니다, 캡틴. 어떤 아이가 전해달라며 저한테 맡겼어요."

사브리는 편지를 보자마자 외쳤다.

"제기랄, 청십자 표지로군! 다른 건 없었나?"

"없습니다, 캡틴."

"그럼 즉시 집으로 돌아가, 누이에게 내 점심을 준비해놓으라 이르도록. 이따 들러서 급히 때울 테니까. 어서 가봐!"

편지를 열어보지도 않고 호주머니에 쑤셔넣는 대위를 보고 푸르비에 씨가 물었다.

"안 읽어봅니까?"

"무슨 내용일지 압니다. 협박 편지요."

"당신한테?"

"뤼팽한테."

"그럴 만한 적이 있소?"

"한 명 있죠. 영국인인데, 악착같이 나를 쫓으면서 모든 계획을 뒤틀어버리려고 애쓰는 자요. 상당히 강한 상대지. 수완과 능력이 보통 아니라오! 나를 완전히 파멸시키는 게 놈의 목표인데, 매일같이 이런 편지를 보낸답니다."

"이 지역에 그의 하수인이 있는 모양이죠?"

"'살인마 트리오'가 있지 않소, 푸이나르, 푸스카페, 두블튀르크…… 그 셋을 중심으로 움직이는 놈들까지 모두 다……"

"내가 도와도 되겠소, 대위? 부하 삼십 명을 당신에게 제공할 수 있습니다…… 아니 사십 명…… 오십 명도 가능하오."

"말씀은 고맙지만, 내가 부리는 부하만 오백 명, 천 명입니다, 판사님."

"그게 다 어디 있다는 거요?"

캡틴은 바로 옆에 있는 죽은 나무줄기를 쓰러뜨려 긴 의자처럼 눕힌 뒤, 푸르비에 씨에게 앉으라고 권했다.

"판사님, 잘 들어보십시오. 당신이 나를 속속들이 안다는 건 좋은 일입니다. 그래서 아까도 나의 두 정체성, 즉 고고학자와 도시계획가의 면모를 공개하지 않았습니까."

"나는 세번째 정체성에 유독 관심이 갑니다그려, 바로 뤼팽의 면모!"

캡틴은 씩 웃으면서 대꾸했다.

"나한텐 이제 별로랍니다. 지겨워요. 뤼팽이 좋은 일을 하든 나쁜 일을 하든, 내 눈엔 그저 못 말리는 허세가로만 보입니다. 그 친구, 제발 우리를 그만 좀 내버려두었으면 좋겠어요!"

"하지만 당신이 계속 뤼팽 행세를 하고 있지 않소……"

"그럴 수밖에 없으니까요. 뤼팽은 도시계획가와 고고학자의 뒤를 봐줍니다. 그들이 일할 수 있도록 자금을 대고, 보호해주지요. 둘은 분명 존재할 권리가 있으니까. 행동으로 뭔가를 보여주지 않습니까!"

"서로 합의하에 말이죠?……"

"셋 모두 완전히 합의한 상태죠. 실은 아직 얘기하지 않은 제4의 인물이 또 있습니다. 아주 열정 넘치는 임무를 맡고 있죠. 다름 아닌 교육자 즉 지도원 말입니다."

"아, 그분이야 아까 일하시는 거 내가 보았지요, '캡틴 코코리코'…… 당신이 연병장에 있을 때……"

"바로 그겁니다! 코코리코는 최고위 지도원이라 할 수 있어요. 그 양반 덕분에 나는 어린이를 다루면서 어른 다루는 훈련을 하고 있지요."

"그럼 학교 교사인 셈인가요?"

"초등학교 선생, 강사, 무어라 부르든 상관없습니다. 중요한 것은 아이들이 잘 훈련된 어른처럼 내게 복종할뿐더러, 규율의 필요성과 아름다움을 족히 이해한다는 것이니까. 나는 그들에게 시민윤리와 활력, 청결, 자긍심, 내면생활의 기초 개념들을 가르

칩니다. 당신이 목격한 어린 친구들은 점점 진화하고 있어요. 그 아이들을 통해 나는 각 가정에 건강한 생활의 준칙들을 주입하고, 그를 토대로 나태와 폭음을 추방함으로써 가정생활의 질적 향상을 모색하고 있습니다. 지금은 성인들을 위한 학교, 여성들을 위한 학교를 하나씩 설립 중이고 각종 수련단을 운용하고 있지요."

수사판사가 말을 가로챘다.

"하지만 그런 건 국가가 할 일이잖습니까?"

"국가가 하는 일은 아무것도 없어요. 반면 나는 행동하며 실천하고 있습니다. 그 모든 아이들이 나의 영향을 받는 걸 행복해하고 있어요."

"그만큼 미래의 뤼팽이 많아진다는 거겠죠……"

"아이들은 나의 진짜 정체를 전혀 모릅니다. 아이들이 나를 따르는 이유는, 그들이 가진 가장 고귀한 품성과 재능에 내가 호소하기 때문이죠. 그들은 본능적으로 질서와 규율, 운동을 통한 단련을 즐기고 있어요. 자신이 가진 근력과 의지, 에너지, 용기를 사용하고 싶어한단 말입니다. 그들이 보기에는 나야말로 그 모든 것을 표상하는 존재예요…… 아울러 비밀결사의 일원으로 뽑혀 특별한 임무를 맡게 되는 것도 아이들에게는 무시 못할 즐거움이죠. 지난밤, 일단 내가 '살인마 트리오'를 기절시킨 다음 여남은 애들이 나를 도와 놈들을 결박하고 참호까지 끌고 오면서 다들 얼마나 뿌듯해했는지 아마 상상도 못 할 겁니다. 그러잖아도 밤 열한시만 되면 '용자 수련단'에 경보태세를 발령하곤 하는데, 자정이 되자 약속된 대로 일사불란하게 움직이더군요. 이번에 라클로슈 영감을 결박한 것도 그 아이들이에요. 음지에서 나의 계획을 하나하나 실행에 옮기는 요원들이라 할 수 있는데, 열정도 대단하지만 특히 그 치밀함과 끈기는 혀를 내두를 정도랍니다."

"그나저나 '모발 사냥꾼'이라는 건 대체 뭔가요?"

"이 지역에서 어린 소녀가 어떤 가혹행위를 당했을 때 우리 수련단 아이들이 누가 범인인지를 내게 곧바로 알려줍니다. 그리고 사흘 후면 응징이 이루어지지요. 야밤을 틈타 '모발 사냥꾼' 멤버들이 범인의 처소로 침투해 머리털이며 눈썹, 수염까지 몽땅 밀어버립니다. 졸지에 세상의 비웃음과 비난의 표적이 되어버린 가해자는 얼굴을 들고 다닐 수 없게 되는 거죠. 그렇게 두 달이 지날 시점에 또다시 작전이 전개되고요. 가해자가 다시는 나쁜 짓 할 엄두를 내지 못하리라는 확신이 들 때까지 같은 과정이 반복됩니다. 그런 식으로 사회윤리의 파수꾼 노릇을 하는 걸 아이들이 얼마나 즐거워하는지 모릅니다! 분명히 말하지만 우리 아이들의 양심과 의식수준은 상상하는 것 이상입니다. 서로를 배반하는 일은 절대로 없죠. 뤼팽의 축소판들이라고나 할까! 아니, 축소판이 아니죠, 이미 어엿한 사내대장부들이니."

"당신 같은 사내대장부들이겠죠."

"나보다는 깨끗하고, 홀가분한 존재들입니다. 나는 계속 뤼팽으로 남아 이 모든 과업을 지탱하기 위한 재원을 확보해야 해요. 자금 제공자 뤼팽, 경리 담당자 뤼팽…… 이런 내가 도둑질을 멈추면 모든 게 허물어집니다. 자선가가 영영 이 바닥을 떠나고 마는 거죠."

푸르비에 씨는 지그시 웃으며 대꾸했다.

"그와 더불어 유난히 정 많은 남자도 한 명 떠나게 되겠죠. 감수성 풍부하고 속 깊은 뤼팽이라는 사내……"

"바로 그겁니다! 마음을 찡하게 만드는 정情이란 기계를 작동시키는 힘센 용수철과도 같은 거예요. 사람이 이상을 품고 신비한 감정을 체험하는 중요한 근거가 되어주죠…… 이제 보니 당신 내 습성을 잘 알고 있구려."

"제느빌리에와 팡탱 사이에서라면 당신이 말썽 부릴 일은 없겠죠. 이처럼 황량하고 남루한 동네에 특별한 유혹이 있을 리 만무하니까."

푸르비에 씨가 고개를 끄덕이며 대꾸하자, 캡틴은 다소 우울한 표정으로 말했다.

"그것이 바로 내가 이곳을 찾아든 이유 중 하나올시다. 막연하게나마 한번 살아보고 싶었던 금욕적인 삶이 나를 이리로 이끌고 온 거죠. 그런데……"

"그런데 뭐죠?⋯⋯"

"운명은 나를 위해 다른 길을 정해놓았더라 이겁니다! 사업상 영국에 머물고 있을 때 어느 프랑스 아가씨를 만났어요. 늘씬한 금발 여자인데 눈부심 그 자체였습니다. 당연히 난 그녀에게 접근했죠. 뭐랄까, 인생을 다 바치고 싶게 만드는 그런 여자⋯⋯ 솔직히 내가 그럴 자격이 있다는 건 아닙니다. 더이상 젊지도 않고, 이름도 숨겨야 하며, 인생 전체를 다른 식으로 둘러대야 하는 처지이니까. 그럼에도 불구하고 나는 그녀와 함께 파리로 돌아왔습니다. 그러고는 줄곧 그녀의 그림자가 되어, 혹시라도 닥칠지 모를 위협에 대비하고 신변을 보호해왔지요. 그런 와중에 지난 밤 런던에서 항공기로 보내졌다가 도난당한 거금이 그녀의 몫이라는 사실을 알게 된 겁니다. 결혼지참금이라고 하더군요. 결국 나는 그 돈을 찾아낼 거고, 조만간 그녀에게 되돌려줄 겁니다."

별안간 어디선가 종소리가 들려왔다. 그가 말을 이었다.

"벽돌공장 종소리로군요. 우리 조제팽 동지가 십 분 후에 있을 수영과 다이빙 교습을 내게 환기해주는 겁니다. 이만 실례해야겠군요, 수사판사님."

작별의 악수를 나누다 말고 푸르비에 씨가 말했다.

"이보시오 대위, 아까 전달받은 편지를 깜박하신 것 같은데⋯⋯ 그 내용이 참 궁금하군요."

"나도 그 생각을 하던 참이었어요……"

사브리는 이미 편지를 꺼내 봉투를 뜯고 있었다.

한데 내용을 흘끔 보자마자 버럭 화를 내더니 봉투를 구겨 다시 호주머니에 쑤셔넣는 것이었다.

"이런 빌어먹을!"

"무슨 일이오?"

"직접 읽어보시죠."

편지를 읽는 푸르비에 씨의 나지막한 음성이 몹시 흔들리고 있었다.

대위

34호 부교浮橋를 잘 알고 있을 거요. 오늘 정오에 거기서 봅시다. 간밤에 가로챈 자루들을 우리에게 돌려주는 것이 좋다는 것쯤은 말 안 해도 알 거요. 그렇지 않으면 지금 티월 성에 머물고 있는 아리따운 아가씨가 아주 끔찍한 화를 당할 테니까. 인도 총독을 역임한 대영제국 귀족나리의 따님 몸값으로 그 정도는 과하지 않다는 것을 당신도 인정하겠지……

푸르비에 씨는 대위가 팔을 잡고 흔들어대는 바람에 편지를 다 읽지도 못했다.

"수사판사님, 지금 당장 티윌 성으로 가서, 헤어폴 백작과 코라 양에게 이 사실을 알리세요. 아가씨더러 방에 들어가 문을 잠그라고 하세요. 성에 침입자가 얼씬 못하게끔 하인들을 모두 동원해 단속 지시를 내리십시오. 경비견들도 있을 테니 만반의 조치를 내려야 합니다."

"이런 얼토당토 않은 편지를 믿는단 말이오?"

"믿고말고요! 몇 주 전부터 은밀하게 내 동정을 살피는 자들이 있습니다. 바로 그놈들이 간밤에 도난당한 금화 자루를 내가 가로챘다고 생각하는 거죠. 지금 그 자루가 자기들 몫이라고 주장하면서 내놓으라는 겁니다. 당신 보기에는 놈들이 나를 몰아세울 기막힌 방법을 발견했다고 생각지 않습니까? 보통 심각한 문제가 아닙니다. 무슨 짓이든 불사할 만큼 지독하고 막강한 놈들이라는 예감이 들어요. 결코 물러서지 않을 겁니다."

대위의 얘기를 듣던 푸르비에 씨가 말을 잘랐다.

"정 그렇다면 아까 제안한 내 협조방안을 다시 제안하겠소. 일단 접선장소인 34호 부교에 경찰 수십 명을 잠복시키리다. 한 놈도 남김없이 모조리 잡아들이겠소. 사태는 그걸로 종결될 것이고, 코라 양은 안전할 겁니다. 자루도 원래 임자에게 돌아갈 것이고 악당들은 일망타진되는 겁니다."

사브리 대위는 수심 가득한 표정으로 이리저리 서성대고 있었다. 좀처럼 분노가 가시지 않는 모양이었다. 급기야 그는 발을 구르며 소리쳤다.

"아니야, 아니야, 그게 아니라구! 그 정도 작전으로는 어림없을 거요! 경찰 냄새를 풍겼다가는 오히려 경계심만 부추길 거외다. 위협은 그대로인 상태에서 놈들의 행방만 묘연해져요. 약속 장소에 아무도 나타나지 않을뿐더러, 무조건적인 몸값을 요구할 겁니다."

"그렇다면…… 무슨 뾰족한 수라도 있습니까?"

대위는 호주머니에 손을 넣으며 대답했다.

"없어요. 때가 무르익기 전에는 바라지도 않습니다. 판사님, 부탁인데, 제발 섣부르게 끼어들어 모든 걸 망치지 말아주십시오."

하지만 푸르비에 씨는 고집을 꺾지 않았다.

"그래도 그렇지…… 경찰의 도움을 거부하는 건……"

"경찰은 전혀 도움이 못 됩니다."

"그럼 코라 양은……"

"코라 양…… 그녀의 지참금은 현재 오리무중입니다…… 일단 정오에 즈음해서 경계태세만 갖춰주세요. 이미 매복하고 있을지도 모릅니다. 나는 강 쪽으로 나가 있을 테니, 나중에 그리로 오시고요. 우리 학생들을 보러 갈 겁니다. 조제팽에게 내릴 지시도 있고, 세부적인 지도도 필요하고……"

"정말로 걱정스러운가 보군요……"

"상대가 상대인 만큼! 하지만 왜 나를 물고 늘어지는지 그걸 모르겠어요. 나한테서 무얼 원하는 걸까? 솔직히 말해 지금 나는 캄캄한 어둠 속에서 싸우고 있는 셈입니다. 놈들이 무언가 엄청난 일을 꾸미면서 나의 반응을 지레 우려하는 것 같아요. 도대체 어떤 일을 꾸미고 있는 걸까? 수수께끼야, 수수께끼…… 아무튼 얼마나 대단한 놈들인지 기필코 그 정체를 밝혀낼 겁니다!"

마침내 푸르비에 씨는 티윌 성을 향해 출발했고, 대위는 드넓은 공터를 천천히 가로질러 센 강 기슭에 도달했다. 강을 따라 제방이 이어졌고, 완만한 경사로를 따라 그 위로 오르면 널찍한 도약대가 잔잔한 수면을 굽어보도록 설치되어 있었다. 그 좌측에는 배의 누각처럼 생긴 캡틴의 지휘소가 있었다. 앙드레 드 사브리는 그곳에 자리를 잡았다. 옆에서 조제팽이 큼직한 소라고둥을 입에 대고 힘껏 불어댔다. 거기서 뿜어져나오는 소리가 소택지의 풀들을 휩쓸고, 골짜기를 파고드는가 하면, 저 멀리 구릉들에 부닥쳤다가 메아리로 되돌아왔다.

그와 함께 '변두리' 구석구석에서 뛰쳐나온 아이들이 전속력으로 달려오고 있었다. 공터를 눈 깜빡할 사이에 가로지른 그들은 돌을 쌓아 만든 제방 경사면까지 단숨에 기어올랐고, 옷을 후딱 벗어젖히더니 도약대 위를 전속력으로 내달려, "캡틴, 만세!"라는 함성과 함께 그대로 물에 뛰어들었다.

곧이어, 아이들 머리가 부표들처럼 수면 위로 떠올랐다. 일제히 팔을 내젓는가 싶더니 긴박감 넘치는 경주가 시작되었다.

잠시 후, 푸르비에 씨가 돌아와 사브리 대위에게 상황을 보고했다. 헤어폴 백작에게 협박 사실을 알려 경계태세를 갖추도록 했고, 코라 양에게도 사정을 귀띔해두었다고 했다.

"좋아요. 감사합니다."

사브리는 짧게 대꾸했다.

눈앞에 펼쳐지는 장관을 한동안 바라보던 푸르비에 씨가 중얼거렸다.

"아이들이 당신을 무척 사랑하는군요……"

"나 역시 저들을 끔찍이 사랑합니다. 아직 때묻지 않은 저들에게서 내가 얼마나 고귀한 자질을 끌어내는지 상상도 못 할 거예요."

투창처럼 허공을 가르는 날렵한 모습들이 균일한 궤적과 리듬으로 수면을 파고들기 무섭게 경주가 벌어지고 있었다. 위대한 캡틴이 내려다보는 가운데, 서로에게 지지 않으려 기를 쓰는 격렬한 에너지의 파동이 느껴지는 광경이었다.

"저들을 다 압니까?"

"이름 하나하나까지……"

그러고는 버럭 외치는 '캡틴 코코리코'.

"브라보, 장 샤바스!…… 잘했어, 폴!…… 힘내라, 카랭!…… 비바루아, 그렇게 다이빙하면 안 되지!…… 포크롱이 아주 열심이구나…… 브라보, 마리테레즈! 네가 사내애들을 제쳤어!

팔동작 힘차게! 그렇지, 네가 이겼어! 우리 마리테레즈, 챔피언!······"

그는 푸르비에 씨를 돌아보며 이렇게 덧붙였다.

"저 순발력, 저 힘을 좀 보세요! 올림픽 선수감이지 않습니까!"

한데, 별안간 수사판사의 팔을 붙잡더니 안색이 창백해지면서 이렇게 더듬대는 것이었다.

"아니······ 저기, 코라······ 코라 드 레른이······"

실제로 젊은 여자 한 명이 제방에 불쑥 모습을 드러냈다. 다채로운 빛깔의 실내가운을 전혀 주저하지 않고 벗어내리자 조각 같은 어깨와 매끈하면서도 품위 넘치는 각선미가 고스란히 드러났다. 봉긋한 가슴이 돋보이는 검정 실크수영복 차림으로 여자는 도약대를 힘차게 굴렀다.

깜짝 놀란 캡틴이 소리쳤다.

"머리부터!······ 머리부터!······"

너무 늦었다. 구름판을 딛고 높이 도약한 여자는 양팔을 몸에 꼭 붙인 반듯한 자세 그대로 떨어지는 것이었다.

수면 위로 머리가 솟구치기 무섭게 제방 쪽으로 헤엄쳐 온 그녀는 밖으로 나오자마자 곧장 앙드레 드 사브리에게 다가와 말했다.

"죄송해요, 캡틴."

그는 여자를 와락 부여잡고 다그치듯 말했다.

"헤어폴은 만났습니까?"

"네."

"편지 얘기를 하던가요?"

"네."

"가볍게 넘길 내용이 아닙니다. 혹시 누가 쓴 건지 짚이는 사람 없나요?"

"한 명 있긴 해요. 에드먼드 옥스퍼드 공의 비서인데, 위선자이면서 배신을 밥 먹듯 하는 사람이죠."

"그나저나 당신 참 무모하군요! 성 밖으로 나오지 말았어야죠!"

"전 아무것도 두렵지 않아요, 당신이 있으니까……"

"그래요. 어떤 위험이 닥쳐도, 또 내 약속이 아무리 허무맹랑해 보여도, 마지막 순간까지 마음의 안정을 잃어선 안 됩니다."

"명심할게요."

"떨지 않는 거예요! 불안해하지 않는 겁니다!"

"네, 지금 더없이 편안해요……"

대위는 여자를 가만히 들여다보았다. 화사하게 미소 짓는 얼굴…… 그늘 한 점 없이 눈부시게 아름답고 순결했다! 그는 또박또박 힘주어 말했다.

"힘내요, 코라! 무슨 일이 있어도 나에 대한 믿음 잃지 말고."

여자는 다시 다이빙에 돌입했다. 이번에는 좀더 가다듬어진,

우아한 자세가 나왔다.

"멋진 여성이로군……"

푸르비에 씨가 혼잣말처럼 중얼거렸다.

"조제팽!"

캡틴의 부름에 소년이 바짝 다가섰다.

"저기 맞은편 기슭에서 시동 걸고 있는 모터보트는 뭐지?"

"얼마 전부터 가끔 저쪽 기슭에 대놓은 걸 봤는데요…… 오늘 아침에는 이리저리 움직이더군요."

"배 주인은?"

"모르겠습니다, 캡틴."

"알아냈어야지."

"곧 알아보겠습니다."

"너무 늦은 건 아닐까?"

순간, 보트가 힘차게 전진하기 시작했다. 가만 보니, 삼백여 명이 머리를 내놓고 떠 있는 센 강 한복판을 향해 직진하고 있었다.

"네 명이 타고 있구만……"

그렇게 말하는 캡틴의 목소리가 갑자기 뒤틀리더니 이렇게 더듬거렸다.

"저, 저놈들이…… 무얼 노리는지 알겠어!"

세이렌이라도 된 듯 수면 위로 상체를 거의 드러낸 코라 드 레른의 금발머리가 햇빛을 받아 황금 투구처럼 반짝이고 있었다.

"제가 들어가겠습니다, 캡틴!"

조제팽이 다급하게 외쳤다.

"소용없어. 너무 기습적이야……"

"캡틴이 나서면 다를 겁니다!"

캡틴이 쩌렁쩌렁한 목소리로 외쳤다.

"얘들아, 조심해! 보트가 돌진해 온다!"

순식간에 모두의 머리가 보트 쪽으로 향했다. 다들 안간힘을 다해 보트가 가는 방향으로 팔을 내뻗었다. 너나 할 것 없이 위협의 타깃을 간파한 듯했다. 자신이 다치는 것을 개의치 않고, 오직 아리따운 물의 요정을 보호하기 위해 원을 그려 에워싸고 있었다…… 이를 간파한 코라는 자기를 향해 좁혀져 오는 원을 뚫고 밖으로 헤엄쳐나갔다.

마침내 캡틴이 가로줄 장식이 달린 제복을 벗어던지고 물에 뛰어들었다.

기겁을 한 조제팽이 갑자기 비명을 내질렀다. 보트가 몇몇 아이들이 모인 지점을 그대로 돌파하고 있었다. 하지만 잠시 후, 이번에는 통쾌하게 웃어젖히는 것이었다. 수면 아래로 사라졌던 아이들의 머리가 다시 불쑥불쑥 솟아오르고 있었다.

허탕을 치고 저만치 지나간 공격자들의 뒤통수를 향해 우렁찬 함성과 야유가 터져나왔다. 코라 드 레른 역시 잠깐 수면 아래로 피해야 했지만, 다시 떠올랐을 때는 약이 올라 길길이 날뛰는 적들로부터 상당히 멀어진 뒤였다.

　그러는 사이 캡틴이 뱃전까지 접근해 갔다. 한데, 배를 흔들어 뒤집어엎으려던 그가 별안간 물속으로 모습을 감추는 것이었다. 배 위의 인상 험악한 놈 하나와 눈이 마주쳤고, 곧바로 권총의 표적이 되고 만 것이다. 요란한 총성과 함께, 캡틴이 사라진 지점 바로 가까이에서 물보라가 일었다. 세 차례의 사격이 연거푸 가해졌다. 그러더니 기필코 끝을 보겠다는 듯, 배 위의 전원이 일제사격을 가하기 시작했다. 사브리는 일단 잠잠히 있는 게 상책이라 판단했다. 거리를 두고 가만히 살펴보자니, 이번에는 보트가 코라 쪽으로 선수를 돌려 조심스레 접근하고 있었다. 뒤에서 다른 두 놈이 허리띠를 잡아주는 동안, 아까 제일 먼저 총을 쏜 인상 험악한 놈이 뱃전 너머 잔뜩 허리를 숙여 코라 드 레른을 덥석 낚아채는 것이 아닌가! 마치 낚시에 걸린 물고기처럼 여자의 몸이 배 위로 나뒹굴었다.

　사브리의 입에서 분노의 울부짖음이 터져나왔다. 놈들은 코라 드 레른의 환히 드러난 팔다리를 만져대고 있었다. 눈 깜빡할 사이 여자를 태운 모터보트는 요란한 굉음을 내뿜으며 줄행랑을 쳤다. 어찌할 도리가 없었다……

7
구출

앙드레 드 사브리는 강둑으로 돌아왔다. 조제팽은 지휘소 누각에 납작 엎드려 모든 상황을 주시하고 있었다. 센 강을 거슬러 달리는 모터보트를 그는 쌍안경으로 끝까지 추적했다.

"무슨 일이냐, 조제팽? 지금 웃고 있는 것 같은데⋯⋯"

"캡틴, 웃는 정도가 아니라 포복절도할 지경입니다!"

"왜?"

"못 보셨어요? 아까 한창 소란이 벌어지는 틈을 타 저희 동지 한 명이 배의 방향타에 매달렸거든요."

"그게 누구지?"

"제 쌍둥이 여동생이나 다름없는 마리테레즈 라클로슈입니다. 여간 드센 아이가 아니죠! 어떻게 거기 매달렸을까요? 아무튼 못 말리는 여장부예요. 조금 있으면 당당히 걸어서 우리 앞에 나타날 겁니다. 그땐 놈들이 포로를 어디로 끌고 갔는지 아시게 될 거예요."

"글쎄, 중간에 힘에 부쳐 손을 놓지만 않는다면 그렇겠지⋯⋯ 네 생각엔 어떠냐, 그 애가 계속 버틸 수 있을까?"

"까짓 놓치면 어때요? 걔는 수영 실력이 물고기 저리 가라잖아요. 캡틴을 위해서는 죽음도 불사할 겁니다."

"배에 탄 녀석은 알아보겠더냐?"

"운전하는 놈은 아는 얼굴이에요. 얼마 전부터 이곳을 어슬렁거리던 영국인인데, 꼭 도형수처럼 생겨먹었더군요."

"이름도 알아?"

"'변두리 주점'에서 주워들었는데 토니 카베트라고 하더군요. 영국 왕자의 비서라고 하던가 뭐라던가⋯⋯"

"옥스퍼드 공의 비서?"

"맞아요!"

"조제팽, 이제부터 내 말 잘 들어라. 방금 벌어진 일은 깨끗이 잊어야 한다. 그로 인한 흥분도 가라앉히고. 네 누이의 열정에 대해서도 그만 생각하거라. 이젠 내가 너에게 일러주는 지침들만 염두에 두어야 한다. 그것들은 아주 정확하고 빈틈없이 실행에 옮겨져야만 해. 잘 들어, 아주 중요한 문제이니까. 나의 계획은 전체적으로든 세부적으로든 눈곱만큼도 빗나가지 않아야 성공할 것이다."

"어서 말씀하세요, 캡틴."

지침 전달은 장장 이십여 분 동안 이어졌다. 조제팽은 그 한마디 한마디를 자신의 입으로 되뇔 정도로 집중해 들었다.

캡틴은 라클로슈 영감이 마침 자리를 비운 벽돌공장 창고에서 십오 분 만에 뚝딱 점심을 해치웠다. 식사 중에 아이들이 돌아왔는데, 마리테레즈를 부축해 데려오는 중이었다. 안색이 창백하고 부들부들 몸을 떨고 있었다. 노櫓로 머리를 가격당해 그만 배를 놓친 모양이었다. 정신이 몽롱한 상태로 헤엄쳐 간신히 기슭에 닿은 뒤 그대로 집까지 걸어온 것이었다.

캡틴은 다정하게 소녀를 안아주며 말했다.

"고생했다, 마리테레즈. 울지 마라…… 넌 정말 멋진 아이란다."

"이것 참, 시작이 좋지 않네요……"

조제팽이 불만 섞인 목소리로 중얼대자, 앙드레 드 사브리가 대뜸 나무랐다.

"조제팽! 이런 결과와 상관없이 아까 이미 내 계획을 말해주지 않았느냐?"

"네, 그렇습니다."

"그건 이 캡틴이 충분히 문제를 해결할 수 있다는 뜻이겠지? 그런데도 너는 나를 믿지 못하는 것이냐?"

그제야 조제팽은 당황하며 고개를 푹 숙였다.

사브리는 단호한 어조로 말했다.

"현재 시각 열한시 사십오분. 나는 이제 34호 부교로 이동할 것이다. 그럼 건투를 빈다, 조제팽!"

34호 부교는 제느빌리에 소택지의 끝부분에 위치했다. 그곳까지 큰길이 나 있었다. 맞은편에는 커다란 나무들로 녹음의 장막을 이룬 악마의 섬이 둥글게 웅크리고 있었다. 이쪽 하안河岸과 섬 사이에는 폭이 15미터도 채 안 되는 센 강의 지류가 흘렀다. 빽빽이 들어찬 나뭇잎 때문에 강 건너에서 무슨 일이 벌어지는지 전혀 보이지 않았다. 그저 반대편 기슭에 뻗은 42호 부교만 겨우 알아볼 정도였다.

한편 푸르비에 씨는 현지 서장을 비롯한 경찰관들을 동원하되, 쉰 명에 이르는 인원을 34호 부교에서 다소 뒤처진 하구 쪽에 배치시키는 것이 좋겠다고 판단했다.

"수사판사님, 당신의 부대가 와 있을 줄 알았습니다. 그래서 나도 대비를 했지요."

"직무상 자루들을 확보해 가져갈 수밖에 없소."

사법관의 말에 사브리도 지지 않고 응수했다.

"나 역시 직무상 그걸 저지할 수밖에 없습니다."

입씨름은 그쯤 해두고, 앙드레 드 사브리는 가로수길에 가려진 경기장 방향으로 걸음을 옮겼다.

성당 종소리가 십 분 전 정오를 알렸다.

그리고 얼마 뒤, 확성기를 통해 목소리가 솟구쳤다.

"정오다!"

성당 종소리가 본격적으로 울리기 시작했다.

오 분이 지나고, 이어서 십 분이 지났다. 경기장에서 뻗어나온 길 위에 세 사람의 윤곽이 보이기 시작한 건 그때쯤이었다. 각자 묵직한 자루를 짊어진 '살인마 트리오'였다.

선두에 앞장서 걷는 사람은 두블튀르크. 그의 걸음걸이는 정말이지 덩치 큰 오랑우탄을 방불케 했다. 큼직한 자루를 짊어진 구부정한 자세를 버티고는 있지만, 탈골된 듯 잔뜩 휜 두 다리는 금방이라도 부러질 것만 같았다. 고슴도치의 가시처럼 거칠고 덥수룩한 잿빛 수염이 둥글게 에워싼 야만스러운 얼굴에 어딘지 멍청한 분위기가 감돌았다. 두 팔은 축 내려뜨릴 경우 땅에 거의 닿을 것처럼 길었다. 금방이라도 엎어질 것만 같았다.

그런데 더욱 접근해서 보니 그의 모습이 달라져 있었다. 자세를 꼿꼿이 펴는가 하면, 짊어진 짐이 전혀 부담되지 않는 인상이었다.

푸이나르와 푸스카페는 각자 녹초가 되어 일그러진 표정으로 짐을 운반하고 있었다.

푸이나르가 무슨 말인가 뱉으려는 순간, 경찰서장이 부하들에게 지시했다.

"저 세 놈을 잡아라. 어서!"

하지만 다들 제자리에서 옴짝달싹 못했다.

서장은 좀더 강하게 명령을 반복했다. 낑낑대며 앞으로 뛰쳐 나가려는 기색은 보이는데, 정작 몸을 움직여 나서는 사람은 아무도 없었다. 마치 모두가 나무나 꼭두각시로 변해 땅바닥에 박혀 있는 것 같았다.

그제야 수사판사의 입에서 중얼중얼 탄식이 새어나왔다.

"묶였어…… 세상에 이럴 수가!…… 다리를 죄다 결박당했다구!……"

불과 얼마 전, 수많은 아이들이 여러 집단으로 나뉘어 일사불란한 움직임을 보였던 기억이 떠올랐다.

"뤼팽의 아이들 짓이야!…… 이런 황당무계한 경우를 봤나!"

마침내 부하들이 각자 다리에 묶인 끈을 자르고 서장이 권총을 빼드는 찰나……

"쏘지 마! 캡틴이 다쳐요!"

어디서 나타났는지 팔을 덥석 붙잡는 조제팽!

더욱이 총을 쏘기에는 이미 늦은 상황이었다. 악마의 섬에 우거진 너도밤나무 중 하나인 줄로만 알았던 이동식 구름다리가 강을 가로질러 부교 위로 내려앉는 것이었다. 삼인조는 비웃음을 날리며 건너갔다.

"캡틴 만세!"

운동선수처럼 당당한 자세로 두블튀르크가 외쳤다.

구름다리는 다시 들어올려졌다. 잠시 후, 모터보트 소리가 들렸다. 달려나가려는 경찰관을 조제팽이 말렸다.

"소용없어요. 이쪽에는 저런 다리가 없습니다. 강을 건너려면 악마의 섬에서 다시 다리가 내려와야 해요."

사실이었다. 그러니 삼인조로선 불안해할 이유가 전혀 없었다.

보트는 전속력으로 섬을 지나갔다. 300여 미터 더 가서 오른쪽으로 방향을 틀더니, 작은 선착장 안으로 들어섰다. 그 끝에 도개교가 보이고, 송악으로 뒤덮인 폐허 속에 우뚝 솟은 망루와 성곽이 모습을 드러냈다.

푸이나르가 큰 소리로 길을 설명하는 동안 푸스카페는 제방과의 거리를 틈틈이 계산해서 나불거렸다. 도대체 왜 그런 짓을 하는 걸까? 마치 보이지 않는 누군가에게 무언가를 알려주기라도 하는 것 같았다.

망루 아래 작은 문 앞에서 일단 정지하게 되어 있었다.

"화물승강기를 이용하시죠. 짐들이 무거워 보입니다."

"천만의 말씀!"

초소 근무자의 조언을 무시한 채 두블튀르크는 나선형 계단을 씩씩하게 오르기 시작했다.

3층에 다다르자, 조제팽이 카베트라고 지목한 인상 험악한 사내가 기다리고 있었다.

그는 탐욕스러운 얼굴이 환해지며 물었다.

"그 자루들인가?"

"그렇습니다."

"저쪽 구석에 놓아둬…… 그리고 가봐."

"어디로 말입니까?"

푸이나르가 물었다.

"망루 아래로 내려가 있어. 두블튀르크, 너는 여기 남아. 유사시 경호원으로 쓸모 있을 테니까."

그는 문을 닫고 빗장으로 단단히 걸어 잠갔다. 상당히 넓은 방에는 탁자 하나와 작은 나무의자가 두 개 있고 벽을 파들어간 알코브 공간이 있었다. 그곳에 놓인 침대에 코라 드 레른이 누워 있었다. 실내가운으로 몸을 덮어 가린 채 팔다리는 침대 기둥에 묶여 있었다.

"두블튀르크, 창밖을 살피고 있어. 그리고 내가 나오는지 잘 지켜봐."

그렇게 지시한 뒤, 카베트는 침대로 다가갔다. 코라는 두 눈을 꼭 감고 있었다. 자는 걸까? 사내는 손가락으로 맨어깨를 슬그머니 더듬었다.

"내 몸에 손대지 마요!"

여자가 몸서리를 치자, 사내가 넌지시 말했다.

"좋은 소식이 있어서 그래…… 당신의 몸값이 당도했거든."

"그럼 날 풀어주는 건가요?"

"물론이지. 당신은 이제 자유야."

여자가 몸을 일으키려 하자, 사내가 덥석 붙들며 속삭였다.

"내게 복종할 자유. 이건 그냥 소소한 절차쯤으로 생각해……"

그러고는 여자에게 몸을 기울여 입을 맞추려 했다.

"미쳤어! 미쳤어! 내가 허락할 것 같아?……"

"난 당신의 허락 같은 건 필요 없어. 오히려 앙칼지게 버틸수록 나만 즐거울 뿐이지. 내가 강자인 만큼 결과야 뻔한 것 아니겠어! 언제 또 이런 기회가 있을지 모르는데 내가 호락호락 포기할 것 같아?"

"차라리 난 죽어버릴 테야!"

"그래봤자 달라질 건 없어. 살아 있든 죽어 있든 난 당신의 그 예쁜 입술을 가질 테니까……"

한데, 별안간 여자의 어여쁜 입술에 부드러운 미소가 스치는 것이었다.

"이제 슬슬 마음이 누그러지는 모양이군, 웃는 걸 보니…… 내 말 믿어. 사랑에 빠진 남자의 키스가 그렇게 불쾌하진 않을 거라구."

"사랑할 생각이라곤 전혀 없는 여자에게는 무척 불쾌하지."

"사랑하는 남자를 떠올려봐."

"난 아무도 사랑하지 않아."

"아닐 텐데…… 내 사촌 에드먼드 옥스퍼드가 있잖아."

"천만에!"

순간 악당의 표정이 일그러졌다.

"그렇다면 사브리 대위를 사랑하나보군! 사브리를 사랑한다니 그를 철석같이 믿을 테고."

"그를 믿어."

"그가 너를 구해줄 거라고?"

"물론이지."

"과연 그 친구가 여길 들어올 수나 있을까?"

"이미 들어왔는걸."

"들어왔다구?"

"그래, 여기 있어."

알코브의 구석 벽은 진한 붉은색인데, 바깥쪽 유리창에서 들이치는 햇살이 사각형 모양을 그리고 있었다. 그 사각형의 일부가 정체불명의 그림자로 가려진 건 바로 그때였다. 누가 얼쩡거리는 것일까? 사내는 실소를 흘리며 빈정거렸다.

"저건 두블튀르크야……"

여자는 고개를 가로저었다.

"아니."

"구세주를 목격하기라도 한 거야?"

"그래."

"좋아, 그 말 진지하게 받아들여주지."

사내는 버럭 외쳤다.

"두블튀르크, 대위가 들어왔다고 하니 네가 맡아."

그러고는 젊은 여자의 목을 덥석 움켜잡았다. 격한 몸싸움이 이어졌다. 사내는 권투 선수의 솜씨까지 발휘해 난동을 부렸다. 완전히 미친놈처럼 그는 여자가 걸친 가운과, 붙잡고 버티는 침대 시트며 이불을 난폭하게 잡아챘다. 코라는 악착같이 저항하고 있었다.

"나쁜 놈!…… 비겁자!…… 배신자!…… 이 모든 걸 옥스퍼드 공에게 일러바칠 거야!"

"내 사촌한테? 그 친구는 장님이나 마찬가지야. 내가 마음대로 가지고 놀 만한 타입이지. 누가 당신을 덮치려는 걸 내가 막아주다보니 그랬다고 얘기하면, 곧이곧대로 믿을걸."

바로 그때였다, 두블튀르크가 의식을 잃은 채 바닥에 쓰러진 것은. 뿐만 아니라 거의 동시에 어떤 손이 영국인의 목덜미를 거칠게 낚아챘다!

영국인은 격하게 몸을 빼 권총을 뽑아 들었지만, 턱을 향해 날아든 주먹 한 방으로 총도 그 자신도 나뒹굴고 말았다.

"어디 다친 데 없어요, 아가씨?"

흐트러진 옷매무새를 바로잡고 있는 여자에게 대위가 물었다.

"괜찮아요."

"조금 무섭기는 했죠?"

"그렇지도 않았어요. 당신이 제때에 와줄 거라 믿고 있었거든요. 그런데 어떻게 온 거죠?"

"자루 속에 들어가 두블튀르크 어깨에 올라타고 왔지요!"

두 사람은 그윽한 눈길로 서로를 한참 동안 마주 보았다. 여자가 먼저 두 손을 내밀었다. 대위는 자신을 끌어당기는 여자의 손길을 느끼면서, 몸을 기울여 키스했다. 여자의 몸이 천천히 침대 위로 쓰러졌다⋯⋯

얼마나 지났을까, 두블튀르크가 깨어나고 있었다. 사브리는 그를 부축해 일으키며 말했다.

"잘 들어. 자네와 자네 친구들은 이제부터 자루를 짊어지고 진짜 주인한테 돌려주러 간다. 티윌 성의 헤어폴 백작에게로. 그동안 내 대신 조제팽 라클로슈가 자네들에게 맡긴 임무대로 두 금화 자루 중 하나에 나를 보쌈해서 이곳까지 짊어지고 온 거라든가, 티윌 성으로 마지막 심부름을 하는 것 등등 자네들의 수고에 대해서는 내가 잘 알아서 보상해주지. 아주 힘든 일인 줄 안다. 그만큼 섭섭지 않게 갚아주겠다⋯⋯ 코라, 우리도 어서 갑시다. 이제 기운이 나죠?"

"네. 기운 나요."

그렇게 다섯 명 모두는 아무런 제지도 받지 않고 성을 빠져나와 길을 나섰다.

8
약혼

최근 헤어폴 백작이 사들인 티월 성은 쥘랭빌 경기장에서 십오 분 거리에 있었다. 좌안의 여러 부교들을 지나 센 강을 따라 이어진 거친 자갈길을 가다보면 성이 나타났다. 낮에는 철책문이 항상 열려 있었다. 안뜰로 들어선 대위와 그 일행은 차고로 쓰이는 부속건물 앞까지 다다랐다. 그 안에서 헤어폴 백작이 자가용 네 대의 타이어를 손보고 있었다.

사브리가 말을 건넸다.

"안녕하신가, 친구. 여기 레른 양을 무사히 모셔왔네."

"금화는 어떻게 되었나?"

"당연히 가져왔지."

사브리는 땀으로 뒤범벅되어 기진맥진한 두블튀르크와 그 패거리를 가리키며 말했다.

"저들이 일을 해줄 것이네. 푸이나르, 자네 폐쇄된 공동묘지에 조성된 채소밭 알고 있나?"

"압니다. 거기 성 보니파치오 지하납골당 위에 낡은 제단이 세워져 있지요."

"바로 그 지하납골당에다 자루 안에 든 것을 쏟아넣게. 자, 여기 열쇠. 그중 단 한 푼이라도 손을 대선 안 되는 거 알지?"

"제가 책임지겠습니다, 캡틴. 우리 같은 사람들이 일 하나는 똑 부러지게 하지요."

삼인조는 이제 성실한 일꾼으로서 길을 나섰다. 보무도 당당하고, 성실한 의지로 충만한 눈빛은 반짝거렸다.

"내가 적당히 사례라도 했으면 하는데, 어떤가?"

헤어폴이 말했다.

"사례는 무슨! 나 자신을 위해 한 일인데."

"혹시 따로 바라는 거라도?"

백작이 다소 까칠해진 어조로 물었다.

"바란다는 말은 내 사전에서 진작에 지워버린 단어일세. 원하는 걸 늘 손에 넣다보면 바란다는 것 자체가 무의미해지지."

"하지만 이번 경우엔?……"

"코라 드 레른이 행복하면 좋겠지."

"어떻게 해야 행복한 거지?"

"자네가 결정한 대로 에드먼드 옥스퍼드와 결혼해야겠지. 그래서 여왕으로서의 직무를 다하는 걸세."

"여왕?"

"당연하지. 코라 드 레른은 여왕이 되실 몸이니까."

"잠깐만요! 그건 최소한 왕자께서 제 대답을 듣고 난 다음 얘기죠."

잠자코 듣고만 있던 코라가 대뜸 끼어들었다.

마침 성의 출입문 계단에 에드먼드 옥스퍼드의 모습이 나타난 직후였다.

"잠시 후에 뵙겠습니다!"

코라는 일단 그쪽을 향해 외친 다음, 서둘러 사브리의 팔을 잡아끌었다.

"저 좀 봐요. 제가 왜 여왕이 될 몸인지 말씀해주셔야겠어요…… 헤어폴 씨, 잠깐 실례하겠습니다."

여자는 센 강을 따라 이어진 아름다운 보리수 길로 대위를 이끌었다. 평화롭고 따스한 시간대였다. 앞뜰에서 백여 걸음 떨어진 곳, 두 사람은 꽃과 열매를 가득 안은 어느 여신상이 굽어보는 돌벤치에 앉았다. 잎사귀들이 시원한 아치를 이룬 통로 저편으로 흐르는 강물이 내다보였다.

"여기가 포모나 원형광장이에요. 이 성에 온 뒤로 제가 자주 찾는 안식처죠."

자갈 기슭에 닿아 스러져가는 미세한 물결 소리가 잔잔하게 들려오는 아늑한 공간…… 장소가 장소인 만큼 둘 사이에는 더욱 깊은 친밀감이 오갔고, 평소엔 서로 하기 어려운 말들도 나지막한 목소리로 쉽게 나눌 수 있을 것 같았다.

  "제가 정말로 여왕이 되면 좋겠어요?"

  여자가 물었다.

  "당신이 원하는 것은 곧 내가 원하는 것입니다. 잘못됐나요?"

  순간 여자의 얼굴이 살짝 발개졌다.

  "그럼…… 잊으신 건가요?"

  "우리의 키스 말인가요? 그건 이미 내 삶의 필수영양소가 되어버린걸요. 그 추억을, 그런 아름다운 꿈을 어찌 잊을 수 있겠습니까!"

  "당신 같은 남자가 추억만으로 만족하다니 의외로군요. 아름다운 꿈을 단단한 의지로 승화시켜 뚜렷한 현실로 만들어내려고 하지 않다니 정말 놀랄 일이에요."

  "아름다운 꿈일수록 상상할 권리조차 없는 현실을 자꾸 부추길 따름이니까요."

  여자가 점점 작아지는 목소리로 중얼거리는 바람에, 남자는 겨우겨우 알아듣고 있었다.

  "저는 그때 당신한테 제 입술을 허락한 거예요……"

  "격렬한 몸싸움이 끝난 직후라 심리가 극히 불안정한 상태였죠. 그건 어떤 약속이라기보다, 일종의 감사 표시였을 겁니다. 언젠가 후회하면서 부끄러워할 그런 일…… 봐요, 벌써 얼굴이 붉어지지 않습니까."

여자는 벌떡 일어나 아치형 통로 쪽으로 걸어가더니, 장미와 페튜니아 다발 위로 몸을 숙였다. 벤치로 돌아온 그녀는 앉기 전에 당당한 표정과 진지한 목소리로 이렇게 말했다.

"저는 제가 미처 하지 못한 행동 때문에 가끔 후회할 뿐, 실행에 옮긴 행동을 갖고 후회하진 않아요. 저는 그때 제 뜻에 따라 당신을 끌어당긴 겁니다. 아무리 정숙한 여자라도 자신의 무언가를 내어주어야 할 때가 있어요…… 비록 잘 알지 못하는 남자에게라도 말이죠……"

"하긴 내가 당신에게 그리 낯선 남자는 아니지요, 코라."

"네, 이제는 잘 모르는 남자라고도 할 수 없어요. 당신이 얼마나 섬세하고 신중한 사람인지 잘 알고 있으니까요."

"나 또한 당신이 얼마나 솔직하고 고결한 여성인지 잘 압니다. 그만큼 단념하는 이 마음도 괴롭답니다."

여자는 답답하다는 듯 짜증 섞인 표정을 지었다.

단념이라는 단어를 쉽사리 받아들일 만한 성격이 아니었다. 한참 동안 침묵이 흐른 뒤 그녀는 다시 강 쪽을 돌아보았다. 마치 오랜만에 재회한 사람을 대하듯, 그녀는 말을 이었다.

"얘기 돌리지 말고 분명히 대답해주세요. 당신의 과거 삶이 방해되나요? 그것이 당신의 꿈을 가로막는 거예요?"

"누구든 나 같은 인생을 살다보면, 너무 큰 행복이나 너무 높은 지위는 스스로 마다하기 마련입니다……"

여자는 얘기를 들으면서 장미와 페튜니아 몇 송이를 꺾었다. 그것을 모아 자신의 옷깃에 핀으로 꽂은 뒤, 말했다.

"그러니까 당신은 저더러 에드먼드 왕자의 청혼을 받아들이란 얘기죠?"

"그래요. 바로 그겁니다!"

남자가 힘주어 대답했다.

"제가 여왕이 되기를 바라기 때문인가요?"

"맞아요. 그것이 당신의 운명입니다. 그걸 방해하느니 차라리 내가 죽어버리겠어요! 당신 운명의 실현을 위해 내가 나서겠습니다. 당신은 여왕이 될 운명을 타고난 여자예요. 당신을 가만히 보는 것만으로도 그걸 알 수 있습니다."

"날 보지 마세요. 눈을 감아요."

남자는 얼른 눈을 감더니, 또 이렇게 중얼거렸다.

"오히려 당신이 더 잘 보입니다…… 당신 머리에 왕관이 보여요. 어깨에 궁정망토를 걸치셨군요……"

"그럼 내 손에 입을 맞추시지요, 충성스러운 신하로서……"

대위는 즉시 바닥에 한쪽 무릎을 꿇고, 여자가 내민 섬세한 손가락에 경건한 자세로 입을 맞추었다.

그런 그를 내려다보면서, 여자는 잠시 서글픈 침묵을 유지했다. 어떤 길 앞에서 정녕 걸음을 내디뎌야 할 것인지를 고민하는 모습이었다.

저 멀리 보리수 길 입구에 에드먼드 옥스퍼드의 모습이 보였다. 여자가 팔을 흔들어 알은체하더니, 후다닥 달려갔다.

돌벤치 위에 고쳐 앉은 대위는 단 한 번도 그쪽을 바라보지 않았다. 견딜 수 없는 시간이 흘렀다. 여자가 청혼을 받아들일까!

잠시 후, 나뭇잎 우거진 길로 다시 돌아온 그녀에게 대위가 더듬거리는 목소리로 말했다.

"코라…… 코라…… 날 좀 위로해줘요……"

여자는 한동안 뜸을 들인 뒤 대답했다.

"당신 같은 남자는 자신 안에서만 위로를 찾죠."

"코라…… 날 위로해줘요……"

"어떻게요? 무슨 수로 위로를 해주느냔 말이에요! 뭐라고 말해야 하죠?"

"당신 입술로…… 코라……"

여자는 대뜸 발을 굴렀다.

"안 돼요!"

"하지만 이미 입술을 허락하지 않았소……"

"그땐 약혼을 하지 않은 상태였죠. 지금은 언약을 한 몸이라 그에게 충실할 거예요. 한 남자의 배필이 지켜야 할 도리가 무엇인지 정도는 알고 있어요. 그걸 존중할 겁니다. 당신이 말 한마디만 해주었어도 저는 에드먼드 옥스퍼드에게 작별을 고했을 거예요. 그러니 이제 와 당신이 불평할 권리는 없죠."

"그럼 이제 작별은 우리 사이의 일이 되었군요……"

"아뇨. 우리 사이에 딱히 작별이라 할 건 없어요. 우리가 서로 인연을 끊는 일에 저로서는 동의하기 어렵거든요. 옥스퍼드 공도 그걸 알고 있고요."

"그렇다면……"

"네. 저와 옥스퍼드 공에겐 당신이란 존재가 필요해요. 당신의 협조와 보호가 필요한 거죠. 당신한테도 저의 도움이 필요한 것처럼……"

"내가 당신 도움을?"

"그래요. 당신은 이제 더이상 삶을 맘먹은 대로 살아낼 수 없어요. 과거의 짐이 버거워 저에게 '나의 여자가 되어달라'는 말조차 차마 하지 못하는 남자가 되어버렸잖아요. 하지만 당신이 노예로 사로잡혀 있는 그 과거, 그걸 극복하지 못하게 막는 건 아무것도 없어요."

"무슨 수로 그걸 극복한단 말이오?"

순간 여자는 남자의 손을 덥석 붙잡고 두 눈을 빤히 들여다보면서 느닷없이 이렇게 묻는 것이었다.

"당신은 엄청난 부자가 아닌가요?"

"어마어마한 갑부죠."

"지금으로부터 이삼 년 전이었죠. 당신이 미국의 갱단과 벌인 싸움 있잖아요…… 그때 재산이 10억인가 12억 달러였다고 하던데, 사실인가요?"

"사실입니다. 당시에는 액수가 많이 부풀려졌지요."*

"그 돈은 은행 금고에 모셔져 있나요?"

"지금은 아닙니다. 땅에 묻어 은닉해두었죠. 한데 왜 그런 질문을 하는 겁니까?"

"그 재산으로 당신이 이룰 수 있는 크고 유용한 일들에 대해 생각 중이거든요……"

"내가 내 돈으로 무슨 일을 하고 있는지 당신은 전혀 모릅니다…… 잘 들어요. 내일 나와 함께 참호로 갑시다. 거기서 다섯 시에 어떤 사람과 만나기로 되어 있어요. 그 사람과 나눌 얘기에 당신도 흥미를 느낄 겁니다. 그때 가면 많은 걸 깨닫게 될 거예요. 약속한 거죠?"

"네, 약속했어요."

그제야 두 사람은 헤어졌다.

---

*『아르센 뤼팽의 수십억 달러』 참조.

9
적의 정체

왜 그런지 사브리는 불안한 심정을 거둘 수 없었다. 코라가 다른 남자를 따라가긴 했는데, 그 남자의 비밀스러운 그림자가 자꾸 마음에 걸리는 것이었다.

그는 보리수 길을 천천히 걸어 정원의 중앙 출입구에 다다랐다. 조제팽이 그를 기다리고 있었다.

"잘했다, 조제팽! 모든 게 척척 맞아떨어졌어. 네가 일을 아주 잘 처리한 덕분이야. 그래 지금 상황은 어떤가? 삼인조가 공동묘지 지하납골당에 자루를 다 비워냈나?"

"네, 캡틴."

"도중에 무얼 슬쩍하진 않았겠지?"

"네, 그러진 않더군요."

"납골당 열쇠는?"

"제가 가지고 있습니다, 캡틴."

"세 놈 다 떠났나?"

"네. 경기장을 가로질러 모두 '변두리 주점'으로 가는 것 같았습니다."

"잘됐군. 한데 너 왠지 걱정 있는 표정이로구나. 무슨 일이냐?"

"실은 지금 캡틴의 도움이 필요합니다. 저 혼자 힘으로 감당하기 어려운 싸움이 나서요……"

"말해보아라."

"'변두리 주점'에서 술을 마신 라클로슈 영감이 삼인조를 벽돌 공장까지 데려왔어요. 만취 상태였는데, 다짜고짜 누이동생 마리테레즈한테 화를 내더랍니다. 일전에 벌어진 일로 아직까지 앙심을 품고 있는 거죠. 블라우스를 강제로 벗기고는 매질을 하겠다며 바닥에 무릎 꿇렸다네요. 그것도 '살인마 트리오'를 2층 난간에 구경꾼으로 앉혀놓고서 말이죠!…… 근데 팔을 치켜들고 막 때리려는 순간 제가 집에 도착했어요. 노인네 이러더군요. '아하, 어서 와 똑똑히 보아두어라, 조제팽…… 이번에는 나도 만반의 대비를 해놓았지. 두블튀르크와 내 친구들이 저기 와 있는 거 보이지? 권총을 쥐고서 말이야. 네가 손가락 하나라도 꿈지락거리면 저들이 널 골로 보낼 거다. 어이, 친구들, 준비는 됐겠지? 가차 없이 쏴버려야 해. 오늘 일단 이 자식부터 해치우고,

그다음에는 캡틴을 처치해야겠어. 그놈이 전리품을 가로채서 우리 일을 망쳐놓았지 않은가 말이야!'…… 그러고는 기어이 팔을 쳐들어 막대기를 휘둘렀어요. 맨살이 드러난 등짝을 무지막지하게 후려치는 겁니다! 마리테레즈는 잠깐 휘청하더니, 악착같이 자세를 추스르더군요…… 오히려 비명을 지른 건 그 애가 아니라 저였습니다. 마리테레즈는 어떻게든 알몸을 보이지 않으려고 양팔을 가슴에 포갠 채, 창백한 얼굴로 아버지를 노려보고 있었습니다. 비웃는 표정을 지으려고 애썼지만 눈빛에는 고통과 두려움이 역력했어요…… 놈은 다시 길길이 날뛰었죠. '허어, 이년 좀 보게나! 제법 기개가 충만하네그려! 제 어미 아주 빼다 박았다 이거지. 조제팽, 너도 애 옆에 엎드려! 한 번에 두 놈 다 처리해야겠다. 여보게, 뭐 하나? 내가 앙갚음을 하고야 말 거라니까. 어서 쏴! 쏘란 말이야! 오늘 이놈은 기필코 보내버려야겠어. 그놈의 뤼팽 어쩌구 하는 놈도 마찬가지고. 그렇지 않으면 자네들이나 나나 속 편히 지내긴 글렀단 말일세! 발사! 하나, 둘, 셋!'…… 결국 총성이 두 발 울렸어요. 총알이 하나는 제 머리 왼쪽 벽에, 하나는 오른쪽 벽에 그대로 박히더군요…… 그래서 이렇게 도망쳐나온 겁니다, 캡틴. 저는 정말 무기력했어요. 저 자신도 누이동생도 보호할 수가 없었습니다."

조제팽의 얘기가 끝나기 무섭게 캡틴은 땅을 차고 내달리며 소리쳤다.

"뛰어!"

둘은 구보 자세로 달리기 시작했다. 조제팽은 뛰면서 연신 훌쩍이고 있었다.

"저는 비겁한 녀석이에요…… 도망쳤다구요……"

"그러기를 잘한 거다, 조제팽! 공연히 개죽음 당할 필요는 없어. 네 나이에는 아직 뱃심만으로 버티기 힘든 일도 있는 법이다. 그런 놈들 다루기에는 네가 아직 너무 어린 것뿐이야."

"도대체 제가 어떻게 했어야 하나요, 캡틴? 저에겐 무기도 없었거든요."

"무기는 지금 나도 없다. 그렇다고 내 행동이 달라지진 않아. 잘 들어. 세상 그 어떤 것 못지않게 강력한 무기는 바로 침착함이다. 어떤 상황에서도 눈 하나 깜빡하지 않는 냉정함. 그것만 갖추고 있으면 완벽한 갑옷을 입은 것과 같고, 결국 적은 흔들리게 되어 있어…… 공격이야 하고 싶겠지. 하지만 반격을 두려워하지 않을 수 없게 되는 거다. 그러다보면, 자신이 가할 공격보다 반격이 훨씬 강할 거라는 생각에 미리 사로잡히는 거지. 어디서 반격이 날아들까? 어떤 식으로?…… 문제는 그렇게 한번 흔들린 심리상태를 바로잡으려면 상당한 시간이 소요된다는 점이지. 프랑스의 교육이 그래서 한심하다는 거야! 허구한 날 어린 감수성만 어루만지는 식이거든. 목석같이 단단하고, 강철같이 차가우면서, 도끼처럼 날선 정신력을 단련해도 시원찮을 때에 말이지……"

마침내 둘은 목적지에 당도했다.

"그림자처럼 내 뒤에 따라붙어. 저들이 너를 못 보게 해야 해. 자칫 잘못하면 복식테니스 경기에서 상대편의 약한 파트너를 노리듯 너한테 공격이 집중될 수 있으니까."

캡틴은 큼직한 돌멩이를 집어들고 창고 문을 세 번 두드렸다.

"문 여시오! 공무집행으로 왔소!"

안에서 들리던 소리가 뚝 끊어졌다.

한동안 쥐 죽은 듯 조용하더니, 라클로슈 영감의 소심한 목소리가 속삭였다.

"무슨 일입니까?"

"경찰서에서 나왔소! 문 여시오!"

뤼팽은 문손잡이를 돌려보았다. 자물쇠로도 빗장으로도 잠겨 있지 않았다. 그는 안으로 들어서며 외쳤다.

"나다! 캡틴 코코리코!"

"아니, 경찰은?……"

"나만으로도 충분하지."

그제야 목멘 소리로 버벅거리는 라클로슈 영감.

"쏴…… 쏴라…… 어서 쏴……"

앙드레 드 사브리는 손가락으로 삼인조를 가리키며 계단을 경중경중 뛰어 올라갔다.

"셋 중 조금이라도 움직이는 놈은 각오해!"

순간 권총을 겨냥하는 소리가 들렸고, 캡틴은 그대로 몸을 날려 두블튀르크를 덮쳤다. 고통의 비명 소리와 함께 무릎을 꿇는 두블튀르크의 오른 손목이 넝마처럼 힘없이 덜렁거렸다.

"아으, 빌어먹을…… 쇠꼬챙이로 날 찔렀어……"

그 말에 캡틴이 대꾸했다.

"쇠꼬챙이라니, 바늘이야! 이건 뭔지 아나? 쇠로 된 수갑이지. 아는 게 왜 이리 없어! 그럼 주먹맛은? 자, 여기 두 방 나가신다! 퍽! 퍽!…… 어때, 네놈 친구들 낯짝 돌아가면서 나자빠지는 꼴 안 보이나?……"

사브리는 이제 느긋하게 계단을 내려오면서 빈정댔다.

"가소롭기도 하지…… 어서 이 몸을 쏴보시라니까요!"

삼인조는 언감생심 몸을 사리고 있었다. 아래에는 라클로슈 영감이 버티고 서서 권총을 겨누고 있었다. 물론 그마저 전광석화 같은 발차기가 손목에 적중하면서 보기 좋게 튕겨나가고 말았지만……

라클로슈는 상대의 팔을 붙잡고 늘어졌다. 하지만 별다른 몸싸움 없이 곧 허물어졌다. 이제 그는 울부짖기 시작했다.

"도대체 나더러 어떻게 살라는 거요, 캡틴? 내게 그토록 못할 짓을 해놓고……"

"내가?"

"물론이오! 일곱 아이들 중에 원래 당신 책임인 아이가 조제 팽과 마리테레즈 두 명이라는 것…… 내가 모를 줄 아시오?"

"뭐 그럴 가능성이 아주 없는 건 아니지만, 확실한 사실도 아니지. 그렇더라도 자네에겐 다섯 아이가 남아 있고."

"난 그 두 아이밖에 사랑하지 않는단 말이오! 지독하게 밉기도 하지만……"

"그래, 얼마면 되겠나?"

"난 아이들 안 팝니다. 대신 두 아이를 거두는 비용조로 연금이나 지불해주시구려."

"교활한 놈 같으니! 아이들을 때리는 권리로 연금까지 받아먹겠다고?"

"그렇소."

사브리는 즉시 두 아이를 돌아보며 말했다.

"조제팽, 마리테레즈!…… 어서 짐 싸서 나와 같이 가자."

"정말요? 정말 우리 둘을 데려가시게요?"

"물론이다. 이런 짐승한테 더이상 너희들을 맡겨둘 수 없어."

두 아이는 환호성을 내지르며 팔짝팔짝 뛰었다.

"이봐 라클로슈, 앞으로 매달 500프랑어치 영수증에 자네가 서명하는 조건으로 나는 저 아이들을 완전히 내 책임하에 데려간다, 오케이?"

"500프랑? 그거 괜찮군! 하지만…… 막상 떠나보내려니 가습이 찢어지네…… 무지 정들었는데……"

"쳇! 지갑만 두둑해지면 언제 그랬냐는 듯 잊어버릴 거면서, 안 그래, 늙은 주정뱅이?"

아이들은 벌써 가방을 챙겨 달려나왔다.

"너희들 나한테 작별인사도 안 해주기냐?"

라클로슈가 울상이 되어 중얼거렸다.

"해야죠. 진심으로요!"

마리테레즈는 사브리에게 와락 안겼다.

"이제 저 사람은 그냥 아빠고, 캡틴은 진짜 아빠가 되나요? 어쩐지 나는 캡틴이 참 좋더라! 그럼 캡틴을 아빠라고 불러도 되는 거예요?"

"오, 천만에! 우선 정말 내가 네 아빠인지가 불확실할뿐더러, 네가 그렇게 나오면 여태 너를 키워준 라클로슈는 웃음거리밖에 더 되겠니. 그냥 앞으로는 네가 내 가정부이면서 타이피스트라고 해두자꾸나."

"그런 거 어떻게 하는지 모르는데요!"

"차차 배우면 되지. 이제부터 직장생활 한다 생각하면 돼."

밖으로 나서면서 사브리가 말했다.

"조제팽, 너는 나처럼 해먹에서 잘 거다. 그리고 마리테레즈를 위해서는 아무래도 참호에 층 하나를 더 올려야겠지."

"신 난다! 캡틴, 이제 라클로슈는 얼씬도 못 하겠네요!"

"그자가 무섭니?"

"제가 뽀뽀를 피한다고 툭하면 때렸거든요."

"가엾은 것…… 어쨌든 오늘 밤은 셋이 다 함께 티월 성에서 자는 거다. 옥스퍼드 공과 코라 드 레른의 약혼식에 초대를 받았거든. 조제팽, 너와 나 둘이야 헛간의 마른 짚단만으로도 잠자리에 불편이 없겠지만, 우리 어린 아가씨에겐 침대 정도는 당연히 제공되어야겠지."

문득 조제팽이 툴툴거렸다.

"약혼이라니…… 말도 안 돼! 캡틴이 동의하신 거예요?"

"그렇게 하라고 내가 등 떠민 셈이지. 너 가서 흰 조끼하고 하얀 넥타이, 에나멜 구두 등등 내 옷 좀 갖다줄래? 트렁크 안에 있을 거다."

조제팽과 마리테레즈는 강아지들처럼 캡틴 주위를 깡충깡충 뛰어다니며 좋아 어쩔 줄 몰랐다. 캡틴은 이따금 걸음을 멈추고 아이들을 진정시키면서 주의 주는 것을 잊지 않았다.

"너희 둘 다 정신 바짝 차려야 한다, 알겠지? 나는 아직 위험이 끝나지 않았다고 생각해. 그러니 각자 조심해야 한다…… 아, 그나저나 이제야 마음 편히 살 수 있을 것 같네. 든든한 보디가드가 이렇게 둘씩이나 나를 보호해주니 말이야!"

티월 성은 루이 필리프 시대에 세워진 높다란 망루들을 위시해, 테라스와 여러 부속시설들이 무질서하게 늘어선 길쭉한 형태의 대저택이었다. 이쪽 끝에서 저쪽 끝까지 초벌도색한 백색 석회도료 덕분에 그나마 전체적인 통일성이 유지되고 있었다.

왕자와 그 수행원들, 비서 토니 카베트는 따로 독립된 익랑부翼廊部를 숙소로 사용했다. 그에 잇닿은 본채에는 여러 거실과 식당이 있고, 위층에 헤어폴 백작과 코라의 방들이 자리했다. 집사가 대위를 그 맨 끝자락에 위치한 손님방으로 안내했다. 1층은 주방과 하인들의 거처가 차지했다.

잡다한 부속시설들이 폐허로 방치된 육중한 주탑主塔에까지 이르렀다. 거실마다 사람들로 북적이고 있었다. 헤어폴 백작과 코라의 친지들이 파리와 주변 성들에서 몰려들었는데, 옥스퍼드 공과 그녀의 공식적인 약혼을 누구보다 고대해온 헤어폴 백작이 그들 모두를 일일이 초대했던 것이다.

앙드레 드 사브리는 귀족다운 우아함과 거침없는 태도로 단연 인기였다. 그는 식사 자리에서 대화를 나누며 재치와 총명함, 예술적 소양과 열정, 유머감각을 적재적소에 발휘했고, 무엇보다 코라의 마음을 즐겁게 해주려 애썼다. 그가 성의를 다하고 있다는 것을 코라는 내심 인정하지 않을 수 없었다.

비서인 카베트는 한 마디도 하지 않았다. 그와 옥스퍼드 공 사이에 앉은 코라의 눈과 귀는 오로지 대위만을 향하고 있었다.

"조심하세요, 캡틴. 지금 성 안에만 삼사십 명이 우글거리고 있습니다."

출입구 로비에서 마주친 조제팽이 사브리에게 속삭였다.

"그래봤자지. 난 너만 믿는다."

"알고 있습니다, 캡틴. 만반의 준비가 되어 있습니다."

소년은 자신감 넘치는 목소리였다.

"마리테레즈는?"

"그 애도 마찬가지입니다. 우리 모두 준비완료입니다."

"음, 안심이군!"

사브리와 카베트는 흡연실에 나란히 앉아 있으면서도 말 한마디 나누지 않았다. 손님들이 모두 자리를 뜨고 코라와 헤어폴 백작마저 긴 복도를 통해 자기들 처소로 돌아간 뒤, 토니 카베트가 이제 슬슬 자기 방으로 향하려는 사브리를 가로막고 말했다.

"당신한테 중요하게 할 이야기가 있소, 대위."

사브리가 대답했다.

"우리 사이에 나눌 이야기라면 중요할 수밖에 없겠지."

"그건 왜죠?"

"그야 우리 둘 다 한 여자를 사랑하니까!"

"하긴 그 점은 당신이 내게 확실히 증명해주었지…… 다소 폭력적으로."

"누가 날 폭력적으로 만들었을까?"

"다행히 코라를 사랑하는 또다른 자가 어부지리를 얻게 생겼소. 결국 우리 두 사람의 경쟁을 그가 대신 정리해주겠지."

"내가 혼신을 다해 그걸 도울 거고."

"나도 십 년 전부터 이 결혼을 성사시키기 위해 애써온 몸이 오."

"그럼에도 불구하고 개인적인 흑심을 채우시겠다?"

"에드먼드는 내게 빚이 많은 사람이오."

"당신은 그에게 빚진 것 없고?"

"전혀. 나는 누구에게 빚지고 사는 사람이 아니오."

"나에게도 그럴까?"

"당신? 글쎄올시다, 조만간 칼침 한번 제대로 꽂아주고 나면 모를까…… 서로 통하는 사람끼리라 기분은 꽤 씁쓸할 거요."

"내 생각은 다른걸?"

"혹시 나에 대해 안 좋은 선입견이라도?"

"아니. 혐오감뿐이야."

"명분 없는 혐오감이로군. 결국 당신도 수긍할 거요……"

"그건 또 무슨 소리지?"

"설명하리다."

그는 시가에 불을 붙였다. 방문까지 거리는 3, 4미터였다. 사브리는 카베트를 유심히 바라보았다. 흥미로운 점이 없지 않은 얼굴이었다. 그에게서 풍겨나는 야만적인 인상은 의도적으로 얼굴에 변화를 주려고 꾸미는 거친 표정에서 비롯된 것이었다. 그 표정 이면에 숨은 소심한 천성을 사브리는 여러 차례에 걸쳐 감지하고 있었다. 눈동자는 강청색이었고, 툭하면 왼쪽으로 들썩이는 윗입술 때문에 들쭉날쭉 사나운 치열이 고스란히 드러나곤 했다. 오만함을 동반한 불편한 심기가 고스란히 묻어났다. 그가 최하층계급 출신이라는 걸 안 것은 조금 시간이 지난 뒤였다. 마부와 매춘부의 자식으로 태어난 그는 태생적 한계 때문에 고상한 사교계에 쉽사리 섞여들 수가 없었고, 죽기 아니면 살기 식의 무법자 같은 각오로 모든 걸 헤쳐나가야만 했다.

그의 설명이 이어졌다.

"나는 한마디로 자수성가한 사람이오. 혼자 힘으로 오늘에 이르렀단 말이외다. 지식, 교육, 사회적 지위, 인맥, 근력, 수완, 건강 등등 모든 걸 나는 혼자서 터득했소. 결국 나는 상당한 자질과 능력을 갖추게 되었고, 지금으로부터 이십 년 전 그 누구의 추천도 거치지 않고서 내 사촌이자 사생아인 옥스퍼드 공의 개인교사로 발탁되기에 이르렀소. 그에게 권투와 승마를 가르치면서 종종 여행도 함께 해주곤 했지…… 녀석은 사실 가문 차원에서 이미 포기해버린 저능아였소. 지금 그의 존재는 내가 다 만들어놓은 것이오. 점잖고 강직하고 운동 잘하면서, 자기 몫 확실히 챙길 줄 알고, 내가 마련해준 여자를 배필로 맞아들일 세상 둘도 없는 신사…… 심지어 나는 그에게 야심까지 불어넣었다니까, 바로 나 자신의 야심을……"

"어떤 야심을 말하는 거지?"

"그가 왕이 되어, 내 뜻대로 통치하는 거요!"

"그럴 기회는 없을걸. 현재 왕의 동생이 기세등등하니까."

"세상에 왕국이 대영제국 하나만 있는 건 아니오. 팔아치우거나 빼앗을 나라만 열 개가 넘지. 나는 음모의 달인이라오. 양심 같은 건 내다버린 지 오래고……"

"브라보, 양심부재야말로 강자의 자질이라더니! 훼방꾼이 나타나는 족족 가차 없이 처단하겠구만."

"지금까지 네 명의 훼방꾼이 있었소. 그중 셋은 이미 저세상 사람이고……"

"그럼 마지막 하나 남은 훼방꾼은?"

"바로 당신이오."

"저런, 안됐소이다!"

"알고 있소. 예전에 셜록 홈스와 함께 일을 한 적이 있는데, 그가 그러더군. 언젠가 아르센 뤼팽을 상대할 일이 생기면, 일찌감치 싸움을 포기하는 게 좋을 거라고. 진 거나 마찬가지일 테니까……"

사브리는 깍듯하게 고개를 숙이며 말했다.

"과찬이외다…… 그래, 어쩔 셈이오?"

"당신을 사겠소."

"조악한 표현에 어리석은 계획이로고! 난 당신보다 부자요."

"나보다야 부자일 수 있겠지. 하지만 영국보다는 못할 거요."

"그거, 영국을 대표해서 하는 말이오?"

"글쎄요, 어쩌면……"

앙드레 드 사브리는 정색을 하고 물었다.

"나한테서 무얼 원하는 거요? 대체 영국이 무슨 볼일로 여기까지 와서……"

카베트는 난처한 표정을 지었다. 그러고는 갑자기 공손해진 어조로 말했다.

"우리는 당신의 협조를 바라고 있습니다."

"무얼 협조하란 말이오?"

"아, 그게 아주 복잡한데요……"

"또 시작이오? 설명을 해봐요, 설명을! 이제 수수께끼라면 지긋지긋한 사람이외다……"

"말하자면 이런 겁니다…… 사실 나는 우리나라의 국가적 프로젝트와 이익에 관심이 많습니다. 한데 내가 가진 나만의 계획이 그 국가적 프로젝트와 늘 같을 수만은 없더군요…… 이런 상황에서 당신이 협조를 약속해준다든지, 최소한 중립을 보장해준다면, 더없이 좋을 텐데 말입니다!"

대위는 어깨를 한 번 으쓱하고는 야유하듯 내뱉었다.

"거참, 뭐가 이렇게 어려워…… 무슨 소린지 당최…… 설마 당신이 허심탄회하게 털어놓지도 않는 애매한 음모에 내가 선뜻 발을 담그리라고 생각하는 건 아니겠지?"

"그런데…… 당신이 협조를 거부할 경우 그대로 살려두기에는 이미 너무 많은 비밀을 공개한 상태요……"

"협조, 거부하겠소! 나는 밝은 게 좋소. 당신 같은 인간이 하는 얘기는 나한테 안 통합니다."

영국인이 곧바로 권총을 빼들었다.

사브리는 너털웃음을 터뜨렸다.

"셜록 홈스께서 이 얘기는 안 해주신 모양이로군. 나라는 사람은 사전에 상대의 무기를 무용지물로 만들어놓지 않고서는 아슬아슬한 대화에 절대로 응하는 법이 없다는 사실……"

"내가 분명히 방에 혼자 있었고, 불과 오 분 전에 총을 장전했는데……"

"가짜 총알을 장전했겠지. 화약이 들어 있지 않은 가짜 총알."

카베트는 부글부글 끓는 모양이었다.

"어디 두고 보지. 정말 쏜다!"

"좋으실 대로."

마침내 영국인은 복도 저쪽에 집합해 있는 이들을 손짓으로 불러 모았다.

"처치해!"

그 즉시 스무 개의 총구가 앞으로 뻗었고, 그와 동시에 스무 번의 찰칵 소리가 났다. 하지만 요란한 총성이랄지, 총알이 공기를 가르는 소리 따윈 들리지 않았다.

사브리가 점잖게 말했다.

"분명히 말하지만 내가 시킨 건 아니라오. 나를 지켜주는 젊은 친구 하나가 용의주도하게 조처해두었을 뿐이지. 물론 평소 내가 가르친 대로!"

"그래도 완벽하진 못한 것 같군."

곧장 상대의 말을 바로잡는 카베트.

그가 불러 모은 사내들이 손에 단도를 빼든 채 대위를 에워싸기 시작했다.

"쳇! 아무리 많은 칼을 들이대도 브라우닝 권총 한 자루면 끝나는 게임 아닌가?"

"총은 없잖아. 한 시간 전에 내가 호주머니를 다 뒤져본걸."

"우리 비서가 그깟 총 한 자루 마련해주지 못한대서야 말이 되겠는가 이 사람아!"

그때였다. 들보가 가로지른 낡은 복도 천장에서 별안간 덜컹하는 소리가 나더니, 가느다란 줄에 매달린 브라우닝 권총 한 자루가 스르르 내려오는 것이었다. 얼굴 바로 앞에서 멈춘 권총을 대위는 재빨리 낚아채 공격자들을 겨누었다.

총성이 한 발 울렸다. 한 명이 쓰러졌다. 나머지는 순간적으로 죄다 흩어졌다.

그중 일부가 되돌아오는 사이, 사브리는 얼른 몸을 돌려 문을 열려고 했다.

카베트가 비아냥거렸다.

"잠겨 있을 걸 예측 못 했나?"

"나 대신 예측해줄 사람 많으니 걱정 말게. 조금 기다리지 뭐."

아니나 다를까, 문 저편에서 열쇠 돌아가는 소리가 들렸다. 잠금장치가 철컥하고 작동했다. 문이 활짝 열렸다.

"마리테레즈!"

말라깽이 소녀의 환하게 웃는 얼굴을 보자 대위의 입에서 절로 탄성이 새어나왔다.

둘은 포위망을 빠져나가 부리나케 다시 열쇠로 문을 잠갔다. 요란하게 문 두드리는 소리가 이어졌다.

"조만간 문을 부수고 들이닥칠 거야."

"멀리 피하고 난 다음이겠죠."

"창문으로?"

"아뇨, 창문은 쇠창살로 막혀 있어요."

"그럼?"

"이쪽이에요."

소녀가 태피스트리에 가려진 벽장문을 열자, 계단이 나타났다.

앙드레 드 사브리는 마리테레즈의 어깨를 꼭 감싸 안으며 말했다.

"네가 나를 구했다. 조제팽도 너도 대체 어떻게 해낸 거냐?"

"라클로슈 영감이 여섯번째 결혼한 여자가 있었는데, '굼벵

이'라 불리던 아주 못나고 지저분한 여자였어요. 이 년 전에 집을 나가 어디론가 사라졌죠. 라클로슈가 걸핏하면 손찌검을 해서 집을 나간 거였는데, 그 여자가 여기 주방 보조로 있는 거예요. 얼마나 놀랐는지…… 자주 편들어주고 몰래 먹을 것도 갖다줘서 그랬는지 저를 아주 좋아했죠. 그렇게 안 해주었으면 벌써 굶어 죽었을 거예요. 그 여자가 캡틴도 알아요. 옛날 벽돌공장에 자주 놀러오셨잖아요…… 이 계단, 바로 그 여자가 가르쳐준 거예요. 오빠에게는 천장에 있는 뚜껑문도 가르쳐주었고요."

"그뿐만이 아니지……"

조제팽도 거들었다.

"우리 '모발 사냥꾼' 단원들에게 토니 카베트의 방이 어디인지 알려주었거든……"

아침이 되자 식사 시간을 알리는 종소리가 울려퍼졌다. 사브리는 일찌감치 식당으로 향했다. 십 분 후, 토니 카베트가 들어서는 순간, 미리 와 앉아 있던 사람들의 폭소가 터졌다. 머리가 완전히 민둥산이었던 것이다. 콧수염, 눈썹, 속눈썹까지 털이란 털은 하나도 남아 있지 않았다!

울상이 된 그는 사브리를 향해 주먹을 흔들어대며 으르렁거렸다.

"이대로 넘어가진 않을 테다……"

에드먼드 옥스퍼드도 탄성을 내지르며 물었다.

"아니 이게 무슨 일인가, 카베트? 누가 자네 머리통을 그렇게 반들반들 닦아놓은 거지? 전혀 안 어울리는데……"

전날 저녁 초대되었다가 아침까지 눌러앉은 푸르비에는 헤어폴 백작에게 귀엣말로 속삭이고 있었다.

"저건 분명 대위의 친구들이 저지른 일일 겁니다. 자기가 가르치는 학생들 중 일부는 여자, 특히 소녀의 정절을 유린한 자의 모발을 전부 밀어버리도록 훈련받았다고 하더군요…… 아마 카베트 씨도 그런 종류의 비열한 짓으로 벌을 받은 게 아닐까 합니다……"

그 말이 에드먼드 옥스퍼드의 귀로 흘러들었다.

카베트는 펄쩍 뛰었다.

"저 얘긴 모략입니다, 전하!"

그러자 사브리가 나섰다.

"거짓말! 어제 아침 당신이 드 레른 양을 납치해 성으로 끌고 가 저지른 짓, 내가 증인이올시다."

"내 약혼녀를?"

옥스퍼드 공이 버럭 소리쳤다.

"그렇습니다. 지금 저는 전하의 약혼녀 앞에서 저 비열한 인간의 죄상을 낱낱이 폭로하고 있습니다!"

믿어지지가 않는 모양이었다.

"그럴 리가 없어…… 안 그런가, 카베트? 세상에, 무슨 말 좀
해보라구!"

"천하의 아르센 뤼팽한테 밉보인 마당에 누가 감히 무사하겠
습니까, 전하."

사브리가 금방이라도 달려들 것처럼 몸을 일으켰다. 마침내
코라가 나섰다.

"전하, 저에 대한 토니 카베트의 행동을 문제 삼아야 할지 그
냥 무시해야 할지, 그 판단의 권리는 오직 저에게 있습니다. 이
제 더이상 이 문제를 거론하지 말아주셨으면 합니다."

왕자도 결론을 지었다.

"코라, 당신의 주장을 수용하겠소. 카베트는 충직한 친구요.
그런 불충을 저질렀다고는 차마 믿기 힘들군. 그러니 더는 얘기
하지 맙시다."

사브리는 깍듯하게 상체를 숙이며 말했다.

"알겠습니다, 전하. 더이상은 거론하지 않겠습니다. 언젠가는
토니 카베트와 제가 따로 만나 해결할 문제이니까요."

"나로서는 해결된 것으로 간주하겠소. 카베트와 나는 친구 사
이니까."

옥스퍼드 공이 분명하게 말했다.

한편 헤어폴 백작이 코라의 귀에 대고 나지막이 속삭였다.

"대위의 고발이 정확한 것 아닌가요?"

"맞아요. 하지만 저는 카베트가 한 짓을 만천하에 공개하고 싶은 생각은 없어요. 다만 그가 지금 당신 집에 기거하는 만큼, 몇 주만이라도 제가 성을 떠나 있는 것이 좋겠다고 생각해요. 그가 또 무슨 짓을 할지 모르니까요."

"옥스퍼드 공이 뭐라 생각할까요?"

"그거야 그분 마음이고요. 친구와 함께 잠시 자동차 여행을 하겠다고 말씀드릴게요."

"그와 결혼하는 건 맞죠?"

순간 여자는 앙드레 드 사브리 쪽으로 원망 어린 시선을 던지며 대답했다.

"물론이죠! 대위님이 그걸 간절히 원하시니까! 토니 카베트의 만행을 무릅쓰고 저는 옥스퍼드 공과 결혼할 겁니다."

앙드레 드 사브리는 아무 반응도 보이지 않았다. 심각한 표정으로 생각에 잠겨 있을 뿐이었다. 잠시 후, 그는 낮은 목소리로 말했다.

"당신 말이 맞아요, 코라. 잠시 떠나 있는 게 좋겠어요. 아무래도 싸움이 아직 끝나지 않은 것 같습니다. 일단 내가 파리까지 차로 데려다줄 테니, 당신이 앞으로 해야 할 일에 대해서는 그때 얘기합시다."

10
뤼팽의 재산

코라 드 레른과 앙드레 드 사브리는 티월 성에서 점심까지 먹기로 결정했다. 이번에는 아무런 말썽 없이 식사가 진행되었다. 토니 카베트도 동석했지만, 조용했다.

식사가 끝나자마자 코라는 떠날 준비에 들어갔다. 우선 자신이 이곳을 떠나 있어야만 하는 이유를 헤어폴 백작에게 납득시켰다. 백작은 자기 차를 한 대 내주었고, 사브리 대위와 함께 파리까지 운전을 맡을 기사도 배정해주었다. 짐을 꾸린 그녀는 옥스퍼드 공에게 작별인사를 고했다. 왕자는 얼마 동안이 될지 모를 약혼녀의 여행을 관대한 태도로 승낙해주었다.

한편 사브리는 성 주변에 잠복 중이던 조제팽과 마리테레즈를 다시 만나 지시했다.

"너희들에게 맡길 중대한 임무가 하나 있다. 앞으로 토니 카베트의 일거수일투족을 면밀히 감시하도록. 그가 외출할 경우 따라붙을 것. 정체 모를 누군가를 만나면 너희 중 한 명은 그자를 미행하고, 다른 한 명은 계속해서 카베트를 감시해야 한다. 알겠나?"

"네, 캡틴. 근데, 보고는 어디서 어떻게 해야 하나요?"

"언제든 무언가 알아내면 그 즉시 혼자서든 둘이 함께든, 파리의 이 주소로 나를 찾아와."

그는 미리 준비한 쪽지를 건네면서 덧붙여 말했다.

"여기서도 너희들 도움이 필요할 거다."

두 오누이는 서로 뭔가를 의논하면서 곧장 자리를 떴다.

오후 네시쯤, 코라와 사브리는 티윌 성을 벗어나 파리행 도로로 접어들었다.

"나와 함께 참호를 방문하기로 한 것 잊지 않았죠? 다섯시에 약속이 잡혔습니다. 알렉상드르 피에르라고 아주 유명한 학자죠."

사브리의 말에 코라가 대답했다.

"잊지 않고 있어요. 운전기사한테 미리 얘기해줘야죠."

잠시 옆길로 방향을 튼 자동차는 참호에서 그리 멀지 않은 지점에 멈춰섰다. 그다음은 걸어갈 참이었다.

참호 깊숙이 들어서자 제법 큰 땅굴이 나타났다. 직선으로 300

미터가량 이어진 터널은 규칙적으로 난 채광창 덕에 밝게 유지되고 있었다. 둘의 발길이 당도한 첫번째 시설은 어딘지 지하사원 같은 분위기를 풍기고 있었다. 중앙에 기둥 하나가 지탱하고, 그로부터 여러 다른 통로가 뻗어나가는 형태의 공간이었다.

"이곳에 당신 재산이 숨겨져 있나요?"

여자가 겁먹은 듯한 어조로 물었다.

"합법적으로 얻어낸 금가루가 약간 있을 뿐입니다. 별것 아니에요. 나머지는 여러 다른 장소에 분산되어 있지요. 그중에서도 에트르타의 기암성이랄지, 바리바의 하천 유역, 페이 드 코의 수도원이 대표적입니다.* 분산이 곧 보존인 셈이죠! 은행은 탐욕에 너무 쉽게 노출되는 것이 탈입니다. 게다가 나는 돈보다 금과 보석을 선호하거든요. 그런데 내가 가진 재산에 상당히 관심이 많은 것 같군요?……"

"네, 그 엄청난 규모에 정말 놀랐거든요…… 만약 당신이 한 여자를 사랑한다면, 그 여자가 막대한 지참금의 소유자인지 아닌지에 대해서는 별로 관심을 두지 않을 거예요. 옥스퍼드 공처럼 겉으로는 정치적 이유를 대지만 사실은 지참금 규모에 따라 자신의 결혼 문제를 좌지우지하지는 않을 것 아니겠어요?"

사브리는 무뚝뚝하게 말을 끊었다.

---

* 순서대로 『기암성』 『바리바』 『칼리오스트로 백작부인』 참조.

"나 같은 남자에게 결혼이란 그다지 중요한 문제가 아닙니다. 막중한 운명이 나라는 사람을 고독한 인간으로 만들어버리기 일쑤예요."

그를 흘끔 쳐다본 코라는 더이상 아무런 대꾸도 하지 못했다.

거미줄처럼 이어진 지하공간을 벗어나 밖으로 나오자 알렉상드르 피에르가 기다리고 있었다. 백발의 염소수염을 기른 훤칠한 신사였다. 사브리가 신속하게 서로를 소개했다. 두 남자의 인연은 학자가 해저 난류의 과학적 활용을 위한 대형 연구프로젝트 수행차 미국행을 앞두고 있을 즈음, 영국 궁정에서 처음 만나 이루어졌다.

"알렉상드르 피에르 씨, 프로젝트는 성공하셨습니까?"

"아뇨, 실패했습니다. 1500만 프랑의 개인 재산을 초기비용으로 모조리 쏟아붓고 나서 그만 놓아버렸어요……"

"아니 그럼, 소위 자본의 나라라는 미국에서 과학에 관심 있고 당신을 후원할 만큼 열정을 가진 재력가가 한 명도 없더란 말입니까?"

"네. 없더군요."

"그것 참 한심하군요! 자고로 학자가 돈 같은 부차적 문제로 골치를 썩으면 안 되는데 말입니다……"

"부차적이라…… 실은 결정적인 문제죠."

"제가 당신한테 필요한 것을 제공하면 어떨까요?"

사브리의 제안에 알렉상드르 피에르는 두 팔을 치켜든 채 다짜고짜 웃음부터 터뜨렸다.

"하하, 그렇게 만만한 문제가 아닐 텐데요……"

"150억 프랑이면 되겠습니까?"

대위가 아무렇지도 않게 말했다.

"농담이시죠?"

"진담입니다. 그걸 드리겠습니다. 당장 수표를 써드리면 확실하겠지만 은행에 잔고가 부족해서 그렇게는 못 해드리고요. 대신 다른 방식으로 조달해서, 앞으로 보름 후에 일단 10억 프랑을 현찰로 건네드리지요. 나머지는 보름에 한 번꼴로 같은 액수만큼 전달해드리겠습니다. 우선 보석을 팔아야 하고, 금괴 옮기는 시간도 고려해야 하니까요……"

"정말 꿈같은 얘기네요! 뭐라고 감사의 말씀을 드려야 할지 모르겠습니다. 정말 엄청난 일이에요!"

학자는 기쁨에 겨워 어쩔 줄 몰라하는 눈치였다.

그 모든 광경을 코라는 말없이 지켜보고 있었다. 알렉상드르 피에르와 헤어진 뒤, 그녀는 감동을 주체하지 못한 채 사브리에게 다가가 속삭였다.

"이제야 깨달았어요…… 나도 당신한테 고마워요……"

11
미행

사브리 대위로부터 토니 카베트를 미행하라는 임무를 부여받고 나서 조제팽과 마리테레즈는 어떤 식으로 일을 진행할지 작전을 짰다.

캡틴에게서 임무를 부여받는 것 자체가 엄청난 영광이기에, 그들은 완벽한 행동 계획과 과감한 실천력으로 그 영광에 부응하기를 간절히 원했다. 더구나 티윌 성에서 벌어진 일련의 사태를 돌이켜볼 때, 이번에는 앙드레 드 사브리의 안위가 걸린 문제임을 직감할 수 있었다.

그들은 앞으로 처할지 모를 다양한 상황들을 머릿속에 그려보면서 행동지침을 치밀하게 정해나갔다. 예기치 못한 난관에 봉착하는 일은 결코 허용하고 싶지 않았다.

캡틴은 이렇게 가르쳤다.

"팀을 이루어 활동할 때는 작전이행상 사소한 실수라든가 무질서를 특히 조심해야 해. 정확한 행동지침을 갖춰야 하고 집결장소 또한 틀림없어야 하지."

그렇다. 우선 확실히 결정해야 할 것이 바로 집결장소였다. 조제팽은 저녁에 합류할 파리 주소를 메모지에 옮겨 적어 누이에게 건넸다.

"시간은 상관없어. 함께 가든 따로 가든 무언가 알아낸 것이 있으면 여기로 가서 보고하는 거야. 캡틴이 그 주소지에 머물 테니까. 아마 오늘 도착하실걸. 우리 둘이 필요할 거라고 하신 말씀, 너도 잊지 마. 예기치 못한 사정으로 우리가 서로 떨어지게 되더라도, 나 기다리느라 시간을 지체해선 안 돼. 머뭇거리지 말고 즉시 알아서 출발하는 거야. 파리까지 가는 길은 너도 알잖아. 그러니 그 주소로 어렵지 않게 찾아갈 수 있을 거야. 너는 이제 온실 속 화초가 아니야! 게다가 티월 성 주방에 대형 지도가 있으니까 그걸 참고하면 될 테고. 돈은 있니? 혼자 움직여야 할 땐 돈이 무척 중요하단다."

"내 저금통 깼어. 50프랑도 넘는걸."

마리테레즈가 자랑스레 말했다.

조제팽도 자기 지갑을 살펴보더니 말했다.

"오, 그거 잘됐네! 나한테도 돈이 좀 있는데…… 이 정도면 되겠어! 총도 있고…… 아 참, 너한테 준 총 갖고 있지? 혹시 모르니까……"

"응, 갖고 있어. 내 재킷 주머니에 고이 모셔두었지."

"좋아. 이제 만반의 준비가 끝났어."

오누이는 성에 도착해 곧장 안으로 들어갔다. 전에 사브리 대위와 함께 들어가본 적이 있기에 수위도 특별히 제지하지 않았다.

"우선 지도부터 확인한다."

조제팽의 말투에 제법 무게가 실려 있었다.

둘은 주방으로 들어가 벽에 걸린 거대한 지도를 찬찬히 들여다보면서 앞으로 밟아야 할 여정을 확인했다.

지금 시각, 차 심부름에 바쁜 하인들이 두 사람한테 신경 쓸 여유는 없었다. 오히려 마리테레즈가 분주하게 돌아다니는 집사를 붙잡고 호기심 많은 계집아이 표정으로 이렇게 물었다.

"식당에 사람 많아요?"

"아니, 어제만큼은 아니란다. 옥스퍼드 공인지 뭔지 하는 멍청이랑 그 못생긴 카베트가……"

"아, 카베트 씨가 있어요? 그 사람 그 몰골로 감히 밖에 외출은 못 하겠네요! 아이, 우스워라……"

"웬걸. 아무렇지도 않게 외출하던데. 그 사람, 겁나는 게 없는 것 같더라. 아까는 바람이나 쐴 겸 산책 나갈 거라고 하더군. 그러면서 왜 사람은 치고 지나가는지. 난 원래 걸음이 빠른 사람이 아닌데…… 아무튼 상당히 불쾌한 타입이야, 그 인간!"

마리테레즈가 알고 싶은 건 거기까지였다. 덕분에 영국인을 방에까지 쫓아가 염탐하는 수고를 덜 수 있게 되었다. 계속해서 캡틴 코코리코와 '고급 창녀'의 동반 여행에 관해 수다를 늘어놓는 집사를 피해 소녀는 밖에서 기다리는 오빠를 만나러 걸음을 재촉했다. 방금 얻어낸 귀한 정보를 전하기 위해서였다.

조제팽이 말했다.

"잘했어! 역시 내 동생이로구나! 일이 수월하게 됐네. 카베트가 밖으로 나서는 걸 길에서 지키고만 있으면 돼. 그러고는 멀리 떨어져 뒤를 밟는 거야. 낯선 누군가를 만나면, 그때 가서 적절히 대처하면 되고. 우리가 서로 찢어져서 하나는 낯선 자를 쫓아가고, 하나는 카베트를 계속 미행하기로 한 것, 기억하지? 나중에 혼란이 있으면 안 되니까 지금 정하자. 낯선 자는 내가 맡을 테니까 너는 카베트를 계속 물고 늘어져. 알겠지? 그러고 나서 파리 그 주소에서 합치는 거야."

"알았어."

마침내 토니 카베트가 밖으로 나섰다. 오누이는 어렵지 않게 뒤를 밟기 시작했다. 카베트는 머리를 숙인 채 골똘한 생각에 잠겨 빠르게 걷고 있었다.

잠시 후 조제팽이 속삭였다.

"틀림없이 '변두리 주점'으로 가고 있어…… 좀 빨리 걷자. 정신 바짝 차리고! 누구 만날 사람이 있는 것 같아."

오누이는 영국인이 막 들어서려는 주점 문 앞까지 당도했다. 조제팽이 재빨리 그를 따라붙었고, 카운터 쪽으로 가는 걸 보고는 지체 없이 안쪽으로 파고들어 주인 옆에 붙어 섰다. 카베트는 술병과 잔들이 즐비하게 늘어선 반들반들한 카운터 앞에 팔꿈치를 괴더니 툭 내뱉었다.

"안녕하시오, 주인장?"

"안녕하십니까, 카베트 씨? 제가 뭐 도울 일이라도?"

"네, 있어요. 두블뤼르크와 그 두 친구에게 내가 좀 보잔다고 전해주시구려."

"그야 어렵지 않죠. 당장 전하겠습니다."

주인은 마치 끼어들 기회를 기다리기라도 하듯 잠자코 옆에 붙어 서 있는 조제팽을 돌아보며 말했다.

"이봐, 자네 그 세 명 어디 있는지 혹시 알고 있나?"

"네, 제가 알아요."

"어서 가서 오라고 전하게."

말이 떨어지기 무섭게 달려나가는 조제팽을 카베트가 덥석 붙잡았다.

"잠깐…… 세 명 다는 필요 없어. 거추장스러울 뿐이야…… 푸이나르가 아마 우두머리지?"

"아, 네. 그자가 제일 약삭빠른 편이죠."

주인이 대답했다.

"그럼 푸이나르만 불러와. 그러면 충분해."

"알겠습니다, 선생님."

조제팽은 후딱 달려나갔다.

그 뒷모습을 바라보며 카베트가 물었다.

"저 애송이 믿을 만한 거요?"

"괜찮을 겁니다. 라클로슈네 아들인데, 아버지가 형편없는 인간이에요. 넝마주이로 먹고사는 주정뱅이 노인이죠."

"음, 그렇군요…… 구석에 조용한 자리 하나 마련해주시오. 이따 여섯시쯤 누가 오기로 되어 있는데, 푸이나르가 나가고 나면 그를 내 테이블로 안내해줘요. 그 뒤로는 방해하지 말고. 혹시 좀더 조용한 방은 따로 없소?"

"있긴 한데 지금은 사용중입니다. 당구 게임이 벌어지고 있어서……"

"저런…… 할 수 없지."

주인은 카베트에게 자리를 마련해준 다음 카운터로 돌아왔다.

그러는 동안 마리테레즈는 도둑고양이처럼 가게 안을 여기저기 돌아다니고 있었다. 아는 사람과 마주치면 적당히 수다를 떨면서 출입문 쪽을 내내 지켜보더니, 급기야 주인에게 다가가 물었다.

"저기요, 주인아저씨, 오늘 저녁에 우리 아빠 여기 오시나요?"

"아마 그럴 거다. 그야 나보다 네가 더 잘 알 것 아니냐?"

"아니에요. 요즘은 제가 밖에 나가서 일하거든요. 그래서 아빠를 봐도 예전만큼 속상하지 않을 것 같아요."

"기다려봐라. 곧 올 테니. 워낙 주당 아니시더냐……"

"그럼 여기 좀 있어도 되는 거죠? 고마워요, 아저씨."

그때였다. 조제팽이 돌아왔고 이어서 푸이나르가 나타났다.

영국인의 테이블 앞으로 다가간 그는 잠시 주눅 든 상태로 서서 모자챙에 슬그머니 손을 갖다대 인사했다.

"앉아. 할 얘기가 있으니."

카베트가 명령하듯 내뱉었다.

푸이나르는 시키는 대로 상대를 마주 보고 앉았다. 말소리가 들릴 만큼 가까운 다른 테이블에 조제팽과 마리테레즈가 앉아 있다는 걸 두 사람 다 눈치채지 못하고 있었다. 토니 카베트는 워낙 자신감 충만한 사람이라 주위 사정 따위엔 전혀 신경 쓰지 않았다.

"오늘 저녁, 어쩌면 밤에, 너하고 두블튀르크 그리고 푸스카페 셋 모두 시간 좀 내줘야겠다…… 특히 두블튀르크. 그 친구 힘이 장사니까."

영국인의 말에 악당 두목은 짧게 대답했다.

"알겠습니다."

"좋아. 일단 돌아가서 친구들한테 전해. 날렵한 운동선수 체형의 어떤 놈 하나 묶을 만큼 튼튼한 밧줄꾸러미 좀 준비하라고. 소리 지르지 못하게 재갈도 준비해야 해."

"그 정도는 다 갖추고 있습니다. 한데 위험한 일인가요?"

"아니. 내가 다른 일을 하는 동안 그자가 방해하지 못하도록 꽁꽁 묶고 감시만 하면 되는 거야. 일이 끝나면 알려줄 테니 그때 아무렇지 않게 들어갈 때와 똑같은 문으로 빠져나가면 되고. 시끄러운 일은 없을 거야."

"그러다 덜미라도 잡히면?"

"위험한 일 아니라니까! 다시 말하지만, 정상적으로 문을 통해 들어갔다가 나오는 거야. 강제로 문을 부술 필요도 없고, 사다리 타고 창문으로 기어오를 필요도 없어. 그게 중요해, 무슨 말인지 알겠어? 전혀 복잡할 것 없다구. 그래도 만일을 대비해 권총은 소지하도록. 아차, 거기 늙은 하녀도 한 명 있지! 할망구 묶을 끈과 주둥이 틀어막을 것도 필요하겠구만."

"보수는 어느 정도 쳐줄 겁니까?"

"두당 2천 어때?"

푸이나르는 당장 고개를 저었다.

"너무 적어요! 그래도 5천은 돼야죠. 거저 놀고먹는 일도 아니고, 무슨 사태가 뒤따를지도 모르는데……"

"합해서 1만 5천이라, 농담하나? 1만으로 하지. 그거 갖고 서로 알아서 나누는 걸로 해."

"까짓, 좋습니다! 그 정도면 얘기가 되겠네요…… 선금은 얼마나?"

"선금은 무슨! 내가 항상 정확하게 지불하는 건 잘 알잖아! 돈은 내일 아침 받아가."

푸이나르는 머리를 긁적이며 생각을 굴리고 있었다. 카베트가 짜증을 내며 다그쳤다.

"나 이거야 원! 이건 애들 장난이라구! 정 못 하겠다면 다른 사람 시키면 그만이야. 나 이러고 죽치고 있을 시간 없어. 어서 결정해!"

"알겠습니다, 저희가 할게요. 장소는 어디입니까?"

"내가 차로 직접 데려다줄 거야. 십오 분 전 자정에 다들 티윌성 철책문 앞으로 모여. 자, 이제 가봐."

"그럼 나중에 뵙겠습니다, 카베트 씨."

푸이나르는 어두운 표정으로 나갔다.

목소리를 죽여가며 나눈 밀담이었지만, 조제팽과 마리테레즈는 음흉한 핵심 내용을 충분히 알아들었다. 레몬수까지 시켜놓고 서로 시시덕거리는 척 홀짝이면서, 둘은 언제 라클로슈 영감이 나타날까 출입문 쪽을 주시하고 있었다.

아니나 다를까 영감이 주점 문을 열고 불쑥 들어섰다. 늘 그렇듯 약간 비틀거리는 걸음걸이. 반쯤 취한 상태에서 자식들을 보자 벌써 눈물이 그렁거렸다.

"오, 내 새끼들! 너희들 이 아비를 보러 왔구나! 잊지 않고 있었던 게야…… 착하기도 하지!"

"보러 오겠다고 약속했잖아요."

"그랬지. 하지만 난 믿지 않았어. 정말 뿌듯하구나! 어디 보자, 무슨 그런 싱거운 걸 마시고 있니. 우리 뭔가 기분 좀 낼 수 있는 걸로 마시자꾸나…… 여기, 베르무트 오아시스 세 잔 갖다줘요! 참 순한 거란다. 아가씨들을 위해 만든 음료예요."

하지만 조제팽이 얼른 주문을 막았다.

"아니, 됐어요. 우린 이 정도로 좋아요. 그냥 잘 계시나 해서 온 거예요. 이제 곧 일어나봐야 해요. 우릴 못 가게 붙잡는 건 아니죠?"

"오, 안 그런다고 약속하마. 그럼 내가 마실 베르무트 오아시스, 진하게 딱 한 잔만 시키자…… 몹쓸 녀석들, 하나도 변하지 않았어…… 자기들 생각대로만 군다니까…… 내가 너무 만만하게 키운 거야…… 어쨌든 이렇게 다시 만나니 너무 반가워서 제대로 화도 못 내겠구나! 자식들 중에서도 너희들만큼은 내게 각별했는데…… 예전에 집에 데리고 있던 때가 좋았지……"

"그러게요, 맘 놓고 때릴 수도 있었고…… 그렇죠?"

"다 너희들을 위해서였다. 어렸을 적엔 잘 다듬고 가르쳐야 하는 법이야!"

종업원이 라클로슈 영감에게 술을 내오는 사이, 금발의 세련된 풍모에 훤칠한 젊은이가 들어와 토니 카베트와 합석했다. 오누이는 재빨리 눈짓을 교환했고, 넝마주이와 잡담을 주고받으면서도 모든 주의력을 옆 테이블에 집중시켰다.

젊은이는 스스럼없는 태도로 토니 카베트와 악수를 나누더니 활짝 웃으며 말했다.

"세상에, 이게 무슨 일입니까? 눈썹을 싹 밀었네요! 최신유행인가요?"

"누가 실없는 장난질을 친 겁니다. 나중에 단단히 대가를 치르게 할 생각이에요…… 그건 그렇고, 일단 포트와인을 시키죠. 여기 제법 괜찮은 걸 팔더라고요. 중요한 얘기는 그 뒤에 나눕시다."

종업원이 다가오자, 카베트가 주문했다.

"여기 포트와인, 진품으로. 내가 늘 마시는 거 알죠?"

종업원이 술을 따르는 동안 그는 날씨 얘기를 비롯한 이런저런 잡담을 흘리고 있었다.

"차로 오셨죠?"

"네. 아시겠지만 일행이 한 명 있어요."

"아, 그분이 직접 오셨군요! 그럼 만나 뵈어야지!"

순간 조제팽이 누이의 옆구리를 팔꿈치로 찌르며 중얼거렸다.

"저 사람 내가 맡을게."

오누이는 라클로슈 영감의 횡설수설을 받아주면서 옆 테이블의 대화에 열심히 귀 기울였다. 일순 가슴이 철렁했다. 두 영국인이 갑자기 프랑스어를 그치고 아주 자유분방한 영어로 이야기를 나누기 시작하는 것이었다. 도무지 알아들을 수 없는 말들이 오가는 중에 옥스퍼드, 코라 드 레른, 사브리, 뤼팽 등등의 단어 몇 개만 겨우 귀에 들어왔다. 특히 '뤼팽'이란 단어가 자주 등장하고 있었다.

영국인들이 이제 곧 자리를 뜰 낌새를 보이는 가운데, 조제팽은 한참 주절대고 있는 라클로슈 영감의 볼에 별안간 입을 맞추고는 벌떡 일어나 음료 값을 계산한 뒤 밖으로 나가버렸다.

잠시 어리둥절해 있던 넝마주이는 마리테레즈를 돌아보더니 발끈하며 외쳤다.

"아, 저 녀석, 사람을 이런 식으로 팽개치나!"

하지만 소녀는 더이상 영감의 주정을 상대해줄 마음이 없었다. 작별인사조차 없이 훌쩍 일어나 곧장 오빠를 따라나섰다. 조제팽은 이미 저만치 앞서 가고 있었다. 성큼성큼 큰 걸음을 내딛는 두 영국인을 바짝 뒤쫓던 그는 동생이 옆에 따라붙자 아무 말 없이 눈짓만 교환했다.

인적 없는 좁은 길을 오른쪽, 왼쪽으로 돌아드는 토니 카베트와 금발의 낯선 젊은이…… 오누이는 조심조심 그 뒤를 밟았다. 마침내 파리행 도로변에 당도한 그들 앞에 멋진 스포츠카 한 대가 모습을 드러냈다. 또다른 남자가 차에서 내렸다. 그 역시 키가 컸는데, 균형 잡힌 몸매에 활기찬 모습이었지만 금발보다는 나이가 들어 보였다. 그는 토니 카베트 바로 앞까지 다가와 친근한 태도로 인사를 건넸다. 둘이 무슨 말을 나누었지만, 안타깝게도 여전히 영어였다. 조제팽은 누이를 데리고 차가 서 있는 곳까지 접근해 갔다. 나름의 지식을 동원해 찬찬히 살펴보던 그가 마리테레즈에게 속삭였다.

"멋진 외제차로군…… 폼 나는걸! 뒤에 트렁크 보여?…… 좋은 생각이 떠올랐어!"

트렁크 잠금장치를 몰래 만지작거리자 뚜껑이 스르르 열렸다.

"안이 비었어! 오케이, 저들이 어디로 가는지 알아낼 절호의 찬스야!"

"설마 이 안에 들어가려고? 오빠 미쳤어? 질식할지도 몰라, 조심해……"

"순진하긴, 걱정 마! 납작한 자갈 두 개만 있으면 뚜껑을 살짝 들리게 해서 충분히 숨 쉴 수 있을 테니까…… 저쪽에 많군, 금방 주워 올게."

조제팽이 자갈 두 개를 손에 쥐고 돌아왔을 때까지도 영국인 세 명은 차 앞에 기대 선 채 한참을 얘기 나누고 있었다. 흔한 시골 아이들처럼 차를 구경하는 척하는 오누이에게 그들은 전혀 신경 쓰지 않았다.

잠시 후, 두 낯선 남자가 토니 카베트와 악수를 나눈 뒤 차에 올라탔다. '변두리 주점'에 나타났던 자가 운전대를 잡았다. 시동을 거는 동안 다른 한 명이 차 밖으로 몸을 내밀더니, 길가에 물러선 토니 카베트를 향해 이번에는 프랑스어로 외쳤다.

"책을 잊지 마세요! 더 늦지 않게 그걸 확보해야 합니다! 아주 중요한 책이라, 우리가 예의 주시하고 있어요!"

카베트는 손짓으로 알았다는 표시를 한 뒤, 차가 떠나기도 전에 곧장 반대 방향으로 걸음을 뗐다. 티월 성으로 돌아가려는 게 분명했다.

낯선 남자가 마지막으로 던진 말이 호기심 어린 시골소녀처럼 우두커니 서 있던 마리테레즈의 뇌리에 고스란히 들어가 박혔음은 물론이다.

그럼 조제팽은?…… 출발 순간 트렁크 속으로 날쌔게 뛰어든 소년은 파리를 향해 전력 질주하는 스포츠카의 살짝 들린 후미 뚜껑 틈새로 누이동생에게 호쾌한 미소를 날리고 있었다.

12
퍼즐 맞추기

알렉상드르 피에르 씨가 떠나고 난 뒤 사브리와 코라 드 레른은 차가 서 있는 곳으로 돌아와 승차했다.

"이제 어디로 가죠, 대위님?"

"일단 당신 집으로 갑니다, 코라. 우리는 서로 확실하게 뜻이 통해야 해요. 앞으로 내가 무얼 할지 가면서 이야기해주죠."

그는 운전기사에게 행선지를 고한 뒤, 차가 출발하자 곧장 여자의 손을 잡고 말했다.

"괜찮아요?"

"오, 그럼요! 당신과 이렇게 단둘이 있어서 너무 좋아요. 귀찮은 인간들 다 떨쳐버리고 얼마나 홀가분한데요!"

"정말?"

"왜 절 못 믿으시죠? 그리고 옥스퍼드 공과의 이 무의미한 결혼을 왜 제게 강요하지 못해 안달이세요? 저는 오로지 당신이 바라기 때문에 그 사람과 약혼한 거예요…… 그 사람을 결코 사랑할 수 없다는 사실을 오늘 다시 한번 확인했고요…… 왜냐하면 다른 사람을……"

사브리는 흠칫 놀라며 말을 끊었다.

"그만! 입 밖으로 내서는 안 되는 말이 있는 법입니다! 나는 당신의 행복을 바라요, 코라. 이 결혼을 통해서 당신에게 더없이 고귀한 운명을 선사하고 싶은 겁니다!"

"행복이 그런 데 있다고 생각하세요? 아니에요, 앙드레…… 요즘 제 감정에 대해 깊이 성찰해보았어요. 그랬더니 가야 할 길이 분명해지더군요. 저에게 행복이란 사랑이에요! 그 사랑을 만나 실현하는 것이야말로 제가 원하는 모든 것이에요. 사랑하는 사람과 함께 삶을 헤쳐나가는 것, 그것이 바로 가장 고귀한 운명이랍니다!"

"하지만 당신의 선택이 잘못되었다면 어쩌죠? 그 사랑하는 사람이 정상적인 삶을 영위할 처지가 못 된다면?"

"그럼 저도 그의 운명을 함께 짊어질 거예요! 그런 문제로 제 선택과 행복이 흔들리진 않아요."

"의롭고 정직한 남자라면 결코 당신의 그런 희생을 받아들이려 하지 않을 겁니다. 이 사회의 바깥을 떠도는 사람은 끝까지 아웃사이더로 남아야 정상이죠. 코라, 당신은 사랑스럽고 아름답지만, 그만큼 때묻지 않은 순진한 아가씨입니다. 오로지 당신의 행복만을 추구하는 내 뜻을 잠자코 따르세요. 더이상 당신이 알지도 못하고 이해할 수도 없는 것에 대해 생각하지 말아요. 불가능한 것을 꿈꾸지 말아요……"

대위는 자세를 추스르고 특유의 침착성과 냉정함을 되찾았다. 자신을 완전히 통제하는 남자의 모습이었다. 그는 간명한 어조로 말했다.

"이런 대화, 우리 이제 그만할까요?"

"알았어요…… 나중에 다시 하죠."

"부질없어요."

"그렇게 생각하세요? 분명히 말하지만 아주 중요한 대화예요."

남자는 대답 없이 화제를 돌렸다.

"더 시급한 문제가 있습니다. 우리가 지금 위험한 상황에 직면해 있다는 사실을 잊으면 안 돼요. 적은 지금도 칼을 갈고 있습니다. 그 흉계를 무너뜨리고 우리의 계획을 성사시켜야 해요."

코라가 걱정스러운 표정으로 물었다.

"이렇게 피하는 것만으론 안전하지 못하다는 뜻인가요?"

"그럼요! 당장 오늘 밤 새로운 공격이 있을 겁니다. 논리적으로 얼마든지 가능한 일이죠."

여자가 소스라치듯 놀라자 대위는 빙그레 웃으며 안심시켰다.

"걱정 마요, 당신은 안전할 테니까. 오늘 당신을 내 별장으로 데려갈 겁니다. 거기 내 시중을 들어주는 늙은 유모*가 한 명 있는데, 당신을 보다 안전한 거처로 안내해줄 거예요. 늦어도 내일 내가 다시 돌아올 때까지 그녀가 당신을 돌봐줄 겁니다…… 파리에 내 소유로 되어 있는 제2의 거처라고나 할까요, 아무튼 편하게 저녁식사하고 잠도 푹 자둬요. 책을 읽어도 좋고, 음악을 듣거나, 피아노를 실컷 쳐도 됩니다……"

"당신이란 남자, 정말 놀랍군요! 모든 걸 내다보고, 모든 걸 척척 처리해주다니!……"

"어떤 상황에서든 모든 가능성을 열어두고 치밀하게 대처하는 버릇이 몸에 배어 있을 뿐입니다. 지금도 그 버릇대로 행동하는 거구요. 오, 하지만 완벽한 건 아닙니다. 현재 카베트가 무얼 믿고 나를 공격하는 것인지 그걸 확실히 파악하지 못했어요. 단지 배후에 감춰진 세력이 있다는 것만 어렴풋이 느끼는 거죠. 그가 내게 앙심을 품는 것은 당신에 대한 욕망 때문인데, 바로 그점이 지금 문제를 복잡하게 만들고 있어요. 자기 배후 세력의 뜻에 위배됨에도 불구하고 제멋대로 행동하거든. 또 하나 그가 나를 불편해하는 이유는 자신의 어떤 계획들을 내가 방해할지도 모른다고 생각하기 때문입니다. 도대체 어떤 계획일까요? 근본

---

* 뤼팽과 오랜 세월 동고동락한 그 유명한 빅투아르이다.

적으로 보면 그와 나는 같은 목표를 향해 가고 있어요. 바로 옥스퍼드 공에게 왕관을 씌워주자는 것이죠. 그는 자기 뜻대로 나라를 통치하기 위해서, 나는 당신을 여왕으로 만들어주기 위해서⋯⋯"

코라가 발끈했다.

"저는 분명히 그 사람과 결혼하지 않겠다고 했어요!"

"그건 다른 문제입니다⋯⋯ 자, 다시 카베트 얘기로 돌아가보죠. 대체 그자는 왜 악착같이 내게 싸움을 걸어오는 걸까요? 그를 배후조종하는 세력의 정체가 대체 무얼까?⋯⋯ 그래요, 분명 자금을 무한정 퍼주는 큰손이 있는 게 분명합니다. 그가 내게 매수를 제안했거든요⋯⋯ 왜, 누구를 위해서?⋯⋯ 이런저런 추측만 머릿속에서 부글부글⋯⋯ 딱 하나 어렴풋하게 감이 오긴 하는데, 워낙 엄청나서⋯⋯ 그자가 이상한 얘기를 하더란 말입니다⋯⋯ 내가 매수는 어려울 거라 했거든요, 내가 훨씬 더 부자이니까⋯⋯ 그랬더니, 이러는 겁니다! '하지만 영국보다는 못할 거요!'⋯⋯ 이게 과연 영국이라는 나라 자체를 말하는 걸까, 아니면 그 악명 높은 정보기관을 뜻하는 걸까?⋯⋯ 그에 대해 확신을 갖기에는 퍼즐 조각이 하나 모자라요. 아직 무수한 추측만 하고 있을 뿐입니다. 하지만 언젠가는 알아낼 겁니다. 문제의 퍼즐 조각을 찾아내고야 말 거예요! 체계적으로 파고들다보면 다 밝혀지게 되어 있으니까⋯⋯ 거기에 운까지 따라준다면…… 한데 그 운이라는 게 원래 내 전문분야란 말이거든……"

대위는 갑자기 어조를 바꿔 호탕하게 말했다.

"이것 참, 내가 괜한 횡설수설로 당신을 지루하게 했군요! 당신 앞이라 그만 안심하고 속내를 마구 떠들어낸 것 같습니다. 사실 나처럼 허구한 날 경계심을 늦추지 않고 싸움에 대비해야 하는 존재에게 이런 자리는 그 자체로 말할 수 없는 위안과 즐거움을 주거든요."

여자가 나지막이 대꾸했다.

"저를 그만큼 신뢰해주시니 감사해요…… 제가 오히려 영광이죠. 한없이 기쁘고요."

조금 전부터 자동차는 복잡한 파리 거리로 진입하고 있었고, 곧이어 레른 저택 앞에 도착했다. 운전기사가 경적을 울려 관리인을 부르자, 이내 거대한 대문이 활짝 열려 차를 들여보냈다. 자갈이 깔린 널찍한 안뜰을 한 바퀴 돈 다음, 현관 계단 앞에서 차가 멈추었다.

코라 드 레른이 차에서 내리며 물었다.

"집에 일단 들어갈까요, 아니면 지금 바로 당신 별장으로 가나요? 저를 유모한테 맡기신다고 하셨잖아요?"

앙드레 드 사브리는 빙그레 웃으며 대답했다.

"오, 아닙니다. 일단 집에 들어가죠. 당장은 여기도 그리 위험하진 않아요. 내게 정보를 전해줄 아이들도 여기서 만나기로 했고요. 관리인한테 그 아이들을 순순히 들여보내라고 일러두어야겠습니다. 문전박대 당하면 무척 당황할 테니까……"

그는 관리실에 갔다가 돌아오면서, 운전석에 앉아 정중한 자세로 귀 기울이는 기사에게 몇 가지 지시를 내렸다.

"여기서 별도의 지시를 기다리게. 나중에 아가씨를 자네가 모셔야 해. 그런 다음 다시 돌아와 차를 주차해놓게."

"여기에 말입니까?"

"그래, 여기. 관리인이 차고 위치를 가르쳐줄 것이네. 그러고 나서 내일 아침까지 푹 쉬었다가 다시 나를 데리러 와주게…… 오전 열한시로 하지…… 내일 오전 열한시, 어떤가?…… 저택 앞 길가에서 기다리고 있어주면 되네. 오늘 저녁식사는 관리실에 물어봐서 마음에 드는 곳을 골라 해결하고."

운전기사가 꾸벅 고개 숙여 알아들은 표시를 하고 나서야, 사브리 대위는 코라 곁으로 돌아왔다.

여자는 응접실에 있었다. 18세기풍의 책상 겸 서랍장 앞에서 무언가를 읽고 있던 코라는 앙드레가 들어오자 부리나케 그것을 내려놓았다.

"방해가 됐나요?"

"아뇨, 천만에요! 아버지께서 남긴 편지를 정리하던 중이었어요. 그동안 항상 몸에 지니고 다녔거든요."

"그런 슬픈 기억을 왜 들춰내는 겁니까?"

"잘못 알고 계시네요. 더이상 제겐 슬픈 기억이 아니에요. 그토록 고통스럽던 시간이 희미해지고 잔잔해지다가, 급기야 저 깊은 곳의 진정한 의미가 드러나는 걸 보면 정말 신기하기까지 해요. 이 편지, 이 유서는 저에게 인생지침서나 마찬가지랍니다. 저를 잘못된 길로 빠지지 않게 해주고, 결연한 의지를 심어주면서, 조언해주고 지탱해주거든요."

앙드레는 열정이 가득 담긴 눈으로 여자를 바라보았다. 완벽한 얼굴을 감싸듯 길게 늘어진 금발 머리채에 석양빛이 머물면서 초록색 눈동자가 반짝이고 있었다⋯⋯

가구와 햇살이 절묘한 배경을 이루는 가운데, 그녀가 그토록 차림새를 흉내 내던 게인즈버러의 작품 속 여인을 빼다 박았다는 느낌이 문득 들었다. 하지만 그런 말을 입 밖에 내지는 않았다. 대위는 아무 말 없이 창가로 다가가 답답한 듯 커튼을 젖혔다.

"아 참, 누군가 정보를 가져올 거라고 했죠?"

"네. 기대되는군요. 한데 정보 수집을 맡은 부관이 좀 늦네요. 별일 아니면 좋겠는데⋯⋯ 아, 이제 오는군요!"

그는 갑자기 환해진 얼굴로 조제팽을 맞으러 방 한가운데로 걸어나왔다.

응접실로 들어선 소년은 레른 양을 보자 머뭇머뭇 수줍게 인사부터 했다.

캡틴이 큰 소리로 말했다.

"자, 자, 임무는 완수했겠지? 어서 말해보아라, 우리 둘만 있는 것처럼 생각하고. 코라, 그냥 있어도 됩니다. 나뿐만 아니라 당신과도 관계있는 문제니까."

조심스레 자리를 피하려다 말고 여자가 다시 앉자, 조제팽은 오후에 벌어졌던 상황에 대한 상세보고를 유창하고 조리 있게 풀어내기 시작했다. 카베트가 '변두리 주점'으로 향한 것, '살인마 트리오'의 두목을 데려오게 한 모종의 음모, 그에게 카베트가 제안한 내용 등등.

소년은 힘주어 말했다.

"그들이 나눈 대화 내용을 혹시라도 잊어먹거나 달리 보고하게 될까봐 일일이 적어두었습니다. 카베트 씨가 이런 말들을 했어요……'날렵한 운동선수 체형의 어떤 놈 하나 묶을 만큼 튼튼한 밧줄꾸러미 좀 준비하라''소리 지르지 못하게 재갈도 준비해야 해''내가 다른 일을 하는 동안 그자가 방해하지 못하도록 꽁꽁 묶고 감시만 하면 되는 거야''전혀 복잡할 것 없다구. 그래도 만일을 대비해 권총은 소지하도록'……"

적어온 걸 읽다 말고 무언가 생각난 듯, 소년이 고개를 반짝 들었다.

"아차, 그리고 십오 분 전 자정에 모여서 출발한다고 했어요! 티윌 성 앞에서 세 명을 직접 차에 태우고 간댔어요."

그러고는 다시 읽어나갔다.

"늙은 하녀 얘기도 하더군요. 이렇게 말했어요…… '할망구 묶을 끈과 주둥이 틀어막을 것도 필요하겠구만'. 거기까지 얘기를 끝낸 다음, 품삯을 흥정했는데 카베트가 두당 2천을 제의했지만 푸이나르가 모두 합해 1만을 얻어내더군요. 왠지 친구들 몫은 슬쩍할 것 같았고요."

잠자코 보고를 경청하던 캡틴이 입을 열었다.

"완벽해! 우리 딱한 유모 얘기만 빼고. 할망구 주둥이를 틀어막으시겠다…… 분명 유모가 맞아……"

그는 코라를 바라보며 이렇게 말했다.

"유모와 나를 말하는 거겠지…… 날렵한 운동선수 체형의 어떤 놈…… 나밖에 더 있나…… 근데 왠지 실감이 안 나는 모양입니다! 오늘 밤 내가 그토록 경계한 이유가 바로 이거였어요! 들었죠? 십오 분 전 자정에 출동한다고…… 이곳에 자정 넘어 십오분쯤 도착한단 얘깁니다!"

"그럼 우리 둘 다 어서 도망쳐요! 지금으로선 그 길밖에 없겠어요!"

"아뇨. 그래선 아무것도 해결 안 됩니다. 놈들은 다음 날 또 그다음 날 계속해서 올 거예요. 안전은 물 건너간 얘기죠. 이참에 문제를 해결해야 합니다."

그는 이리저리 서성이면서 빈정대는 투로 중얼거렸다.

"'내가 다른 일을 하는 동안 그자가 방해하지 못하도록' 한다 이거지…… '다른 일을 한다'는 표현이 재미있군! 무슨 말인고 하니, 바로 당신에게 집적대겠다는 뜻입니다, 코라! 하긴 그놈이 어디 가겠소, 패거리까지 끌어다 들이닥치는 판에……"

"세상에, 끔찍해라!"

코라는 몸서리를 쳤다.

"걱정하지 마요, 당신은 다른 데로 피신해 있을 테니까."

"아니에요, 여기 그대로 있으면서 더이상 떨지 않을 거예요. 당신이 곁에서 지켜주기만 하면 저는 아무것도 두렵지 않아요. 저는 당신을 믿어요. 아무리 심각한 위험이 닥쳐도 무서워하지 않을 자신 있어요. 당신이 나타나 구해줄 거라 확신하니까요."

"그 정도로 나를 믿나요?"

"네."

"방금 당신이 한 말보다 나를 기쁘게 해주는 것은 세상에 없습니다, 코라!"

"제 생각, 아니 제 느낌을 그대로 말씀드렸을 뿐이에요! 그 점에서는 저의 온몸과 마음이 같은 말을 하고 있어요. 저의 당신을 믿고 있어요."

"어떤 상황에 처하든 당신은 나를 믿어도 됩니다. 한데 아까는 왜 둘이 도망치자는 얘기를 했는지……"

"그건 당신이 걱정돼서였어요!"

"오, 나 역시 두려울 게 없는 사람입니다. 자기 한 몸 충분히 지켜낼 능력은 있어요! 아무튼 내가 당신 집을 지키고 있을 겁니다. 카베트 선생이 쳐들어온 순간 내가 떡하니 버티고 있는 모습을 봐야 할 테니까. 아마 자신의 엽색 프로젝트에 약간의 차질이 빚어질 거라고는 꿈에도 생각지 못하고 있을 겁니다…… 특별히 그를 다치게 하진 않을 거예요. 바라건대, 내가 현장에 있다는 사실만으로도 기가 죽을 테니까 말입니다. 요는 당신을 함부로 건드리지 못한다는 거죠. 그러는 사이 당신은 멀리 안전한 곳으로 피하면 됩니다. 우리 노련한 유모가 돌봐줄 곳으로."

하지만 코라는 계속 하소연했다.

"제발 부탁이니 당신이 나서지 마세요. 전 불안해서 못 견딜 거예요!"

"이 방법밖에 없습니다. 무엇이든 피하지 않는 게 내 버릇이에요. 그가 자꾸 도발하는 한 적과의 한판 승부는 불가피해요. 여태껏 이런 식의 전략에서 나는 크게 손해 본 일이 없습니다. 위험이 있다 해도 이미 간파했고, 사전에 대비책이 마련된 상태! 카베트는 오늘 임자 만난 셈이니, 당신은 안심하고 있어요!"

"하지만 무기를 소지하고 있을지 모르잖아요?"

"무기야 당연히 소지하겠죠! 그건 나 역시 마찬가집니다. 하지만 기다리고 있는 쪽은 나라는 걸 잊지 마세요. 그가 내 존재를 예상치 못한다는 것 자체가 나의 우세를 말해줍니다. 모쪼록 편안한 밤 보내요. 내일 아침 내가 찾아갈 테니까. 당신이 안정된 모습을 보여줘야 내가 힘을 얻어요. 반대로 당신이 지나치게 걱정을 하면 난 힘이 빠지고 맙니다. 내 말 알겠어요?"

"네…… 편히 있을게요. 약속해요."

그제야 대위는 한쪽 구석에서 말없이 기다리는 조제팽을 돌아보았다.

"가까이 와서 앉아라. 얘기 마저 해봐. 그게 다는 아니지?"

"네, 캡틴. 그 뒤부터는 일이 좀 복잡해집니다."

소년은 낯선 '영국 놈'이 한 명 등장한 시점부터 다시 얘기를 풀어나갔다. 외국어로 나눈 대화를 전혀 알아듣지 못해 안타까워하면서도 그 남자에 대해 무척 열심히 묘사했다. 캡틴은 흠칫 놀라는 눈치였다. 소년의 이야기를 주의 깊게 듣던 그는 세부사항들을 다시 짚어가며 좀더 자세한 보고를 요구했다. 그리고 길가에 주차된 차 안의 또다른 영국인 얘기에 이르자, 자기도 모르게 탄성을 내질렀다.

"옳거니, 이제야 수수께끼의 열쇠를 찾았어!"

그는 조제팽에게 다그쳐 물었다.

"그러니까 네가 말한 두 '영국 놈'을 미행하다보니 내가 준 파리 주소로 오게 되더라 이거지? 그래서 어리둥절했단 말이지? 그나저나 자동차에는 어떻게 따라붙은 거냐?"

"트렁크 안에 올라탔죠. 차가 도착하면서 전 후딱 뛰어내렸고요. 집주소가 보이지 않기에 건물 모퉁이를 돌아 나오는데, 캡틴이 기다리겠다던 바로 그곳인 거예요! 세상에 그 '영국 놈'들이 자기도 모르게 저를 여기까지 데려다준 꼴이니 얼마나 고마워요!"

캡틴은 소년을 칭찬했다.

"아주 잘했다, 특히 트렁크 아이디어! 재치가 넘치는 데다, 고난도 운동 능력 없이는 불가능한 일이지! 참, 동생은 어떡하고 있니?"

"그냥 길가에 놔두고 왔는데, 아마 조만간 여기 올 거예요."

순간 초인종이 울렸다. 캡틴은 귀를 쫑긋 세웠다.

"온 모양이구나."

아니나 다를까, 마리테레즈가 들어왔다. 사브리는 레른 양에게 신속히 소녀를 소개했다.

"여기는 마리테레즈 라클로슈. 오빠의 보고를 마무리해줄 일급 조수입니다. 자, 시작해보거라. 조제팽이 트렁크 속에 들어가 자동차를 따라간 이야기까지 들었다."

소녀는 감탄으로 얘기를 시작했다.

"얼마나 잽싸게 올라탔는지 몰라요. 그것도 움직이는 차에 말이죠!"

"너는 그때 어디 있었니?"

"저는 길에 우두커니 서 있었어요. 자동차 구경하는 데 정신이 팔린 것처럼 하고 있었죠. 카베트 씨가 옆에 있었거든요. 키가 큰 '영국 놈'이 뭐라고 소리치더군요. 다행히 프랑스어로 지껄였는데……"

"'지껄이다'가 아니라 '말하다'!…… 내가 그 표현 고치라고 했지!"

"아, 죄송해요. 캡틴. 맨날 잊어먹어요…… 프랑스어로 말했는데, 여기 적어왔거든요. 잠깐만……"

소녀는 재킷 호주머니에서 종이를 한 장 꺼내 읽었다.

"'책을 잊지 마세요. 더 늦지 않게 그걸 확보해야 합니다. 아주 중요한 책이라, 우리가 예의 주시하고 있어요'……"

"오호…… 그럼 그렇지"

캡틴이 낮게 중얼거렸다.

소녀의 보고가 이어졌다.

"키 큰 '영국 놈'이 그렇게 소리쳤어요. 카베트 씨는 알았다는 손짓을 하고는 곧장 성 쪽으로 걸어가더군요. 차가 가는 것도 지켜보지 않고 말이죠. 얼마나 다행이었는지 몰라요. 조제팽이 멍청하게 트렁크 밖으로 얼굴을 내밀고 헤헤거리고 있었거든요! 그러다 들키면 어쩌려고……"

"하지만 들키지 않았잖니…… 다 잘될 거다. 자, 그다음에는?……"

"저는 다시 카베트 씨의 뒤를 밟았어요. 혹시 '변두리 주점'으로 새진 않을까 했는데 그러진 않고 곧장 티월 성으로 들어가더군요. 기다려볼까 하다가, 가만 생각해보니 그건 바보짓이더군요. 그보다는 얼른 파리행 전차를 잡아타는 게 좋겠다고 판단했죠. 워낙 뜸하게 오는 전차라 하나 놓치면 오래 기다려야 하거든요. 그래서 이렇게 오게 된 거예요."

"잘했다! 너희 둘 다 정말 훌륭하게 해냈어! 고맙구나! 하지만 아직 끝난 게 아니다. 조만간 들이닥칠 너절한 불량배들한테 본때를 보여줘야 하거든."

캡틴은 코라를 돌아보며 말을 이었다.

"어쨌든 카베트는 내가 처리합니다. 아주 재미있을 거예요. 자상하게도 몸소 찾아주신다니 고맙게 맞아들여야죠…… 나머지 세 놈 망나니들은 내 집에 갔다가 문전박대 당하게 놔두면 간단한데, 아무리 생각해도 그것만으론 좀 서운할 것 같아요. 뭔가 톡톡히 가르쳐 돌려보내는 것이 손님에 대한 도리 아닐까 싶은데……"

"그건 또 무슨 뜻이죠?"

코라가 걱정스러운 표정으로 물었다.

"못된 짐승들처럼 덫으로 다스려보자 이거죠! 실은 만약을 대비해 내 집 문에 조촐하게 고성능 전기장치를 설치해두었거든. 지금 예상으로는 망나니 세 놈이 그 성능 실험의 첫 대상자가 되어줄 것 같습니다! 우선 이 어린 친구들을 내 집으로 보내 놈들에게 기계 작동법을 일러주게끔 할 겁니다. 놈들은 좋다고 달려들겠죠. 사실 아주 간단하고 쉽거든요…… 자, 코라 당신도 함께 갑시다. 유모랑 같이 떠나기 전에 모든 걸 구경시켜줄 테니까. 제법 볼만할 거예요. 아울러 그 영국인들이 관심을 보이는 '책'도 직접 보여줄게요. 나폴레옹 휘하의 장군이셨던 우리 선조 중 한 분에게 황제께서 직접 쥐여주신 아주 소중한 유증품이랍니다! 그 안에 영국의 온갖 비밀이 듬뿍 담겨 있지요."

"근데 한 가지 걱정되는 게 있어요. 영국인들의 정체를 당신은 아는 것 같던데, 도대체 그 사람들 누구죠? 전 뭐가 뭔지 도통 모르겠어요…… 당신이 아는 진실, 그게 뭔지 궁금해요……"

"잘 들어요, 코라. '변두리 주점'에 나타났다는 영국인과 차 안에 있었다는 또다른 영국인은 다름 아닌 당신의 사총사 중 잘생긴 두 젊은 친구랍니다! 우리가 생각하듯 그렇게 평범한 녀석들이 아니었어요…… 이렇게까지 정체를 숨겨온 걸 보면 보통 내 공들이 아닐 겁니다. 그다지 좋은 놈들도 아닐 테고……"

"도널드 도슨과 윌리엄 로지?"

"그래요, 도널드 도슨과 윌리엄 로지! 고백하건대, 나 역시 런던에서든 파리에서든 그저 별 볼 일 없는 속물들이려니 했지, 단 한순간도 본모습을 눈치채지 못했답니다…… 특히 한 놈은 정말 감쪽같았어요! 도슨은 워낙 고고학에 조예가 깊어 의심할 만도 했지만, 로지는 정말이지 도슨의 비서이자 단순한 친구 아닙니까!…… 이제야 베일이 벗겨지는군요…… 드디어 수수께끼들이 풀리고 있어요. 완성된 퍼즐이 눈에 들어옵니다……"

잠시 침묵한 채 생각에 잠기던 사브리 대위, 무시무시한 미소를 지으며 말했다.

"내일 아침, 도슨 경과 대차게 한판 붙어봐야겠어. 아주 흥미진진할 거야!"

"내일 아침엔 저를 보러 온다고 했잖아요! 잊으신 거예요? 저 혼자 내버려두지 말아요, 제발!"

"정오쯤엔 당신 곁으로 가 있을 테니 걱정 말아요…… 자, 자, 서두릅시다! 이제 더이상 허비할 시간이 없어요. 싸움은 끝나지 않았습니다."

그는 아이들을 내보내고 레른 양의 모자를 챙겨주었다. 넷은 그렇게 대위의 거처로 사용되는 옛 예배당 제의실로 걸음을 재촉했다.

13

기습 실패

"까꿍, 나 여기 있지롱!······ 이렇게 또 만나는구만! 어때, 다시 보니 반갑지?······"

기겁을 한 토니 카베트가 주춤주춤 뒷걸음질 쳤다. 그는 일부러 덧창을 떼어둔 레른 저택 1층 창문으로 어렵지 않게 침투한 뒤, 코라의 침실까지 손쉽게 다다를 수 있겠다는 생각에 신이 나 있던 참이었다. 한데 별안간 불이 켜지면서 응접실 전체가 빛의 홍수를 이루는 것이 아닌가! 사브리 대위가 구석 문에 기댄 채 비웃는 눈으로 꼬나보고 있었다. 그는 잠시 영국인의 동작을 주시하고는, 잽싸게 권총을 겨누며 소리쳤다.

"손들어! 한 발짝이라도 움직이면 쏜다!"

부아가 치민들 이미 기가 꺾인 카베트는 순순히 따랐다.

대위가 말을 이었다.

"내가 그쪽으로 가지. 그것이 손님을 정중히 맞는 태도일 테니까. 그리고 몸수색을 좀 할까 하는데 괜찮겠지? 자네처럼 천방지축인 인간에게는 부득이한 조치이니 이해하게나."

그러면서 천천히 다가왔다. 똑바로 겨눈 총구 앞에서 영국인은 무기력한 분노와 두려움으로 하얗게 질렸다. 대위는 상대의 가슴팍에 총구를 들이댄 채, 여기저기 호주머니를 꼼꼼히 뒤져 다음과 같은 물건들을 차례차례 끄집어냈다. 자동 권총, 열쇠 몇 개, 강철 너클, 잭나이프, 마취제 한 병과 실크 손수건. 그 모두를 자기 호주머니 속에 챙겨넣고 열쇠만 원위치시킨 뒤 말했다.

"아예 무기 공장을 차리지그래? 이따위 흉한 잡동사니나 잔뜩 품고서 여린 아가씨를 방문하는 게 얼마나 저질스러운 짓인지 모르나? 이건 정말 예의가 아니지. 아무래도 누가 좀 가르쳐야겠어. 게다가 반들반들 밀어버린 그 망측한 낯짝은 또 뭔가? 자넨 거울도 안 보나?"

카베트는 이를 악문 채 대꾸했다.

"뤼팽이라는 난봉꾼의 낯짝보다야 낫지. 사브리라는 이름 뒤에 아무리 숨으려 해봤자, 당신이 뤼팽인 건 이제 세상이 다 알아."

"오호, 나도 나 자신이 뤼팽이라고 생각해. 그게 자랑스러워! 자, 자, 공연히 흥분할 거 없어. 얌전히 굴라구. 사브리라는 이름은 합법적으로 취득한 거야. 나는 어디까지나 공정하고 반듯한 사람이거든. 항상 그래왔지. 방금 자네 열쇠를 돌려준 것만 봐도 모르겠나? 그게 없으면 귀가도 못 하고 쩔쩔맬 것이 아닌가!"

"이런 빌어먹을…… 두고 보자."

"어럽쇼, 고맙지도 않은가? 충분히 고마워할 일일 텐데."

"당신이 뤼팽인 걸 레른 양은 모르겠지?"

"또 그 뤼팽!…… 자네가 일관된 생각을 갖고 있는 건 알겠는데, 두뇌 자체는 좀 부족한 것 같군. 확실하게 알려주지. 레른 양은 지금도 모르는 것이 없어. 그러니 꿈 깨. 더군다나 내일 아침이면 어차피 공식적으로 알게 될 거야. 내 입으로 직접 말해줄 작정이거든. 나는 음험하게 무얼 도모하는 사람이 아니야. 요컨대 자네가 자상하게 나서주지 않아도 된다는 말이지. 자, 일단 앉게. 우리 얘기나 좀 하자구. 자네가 무장해제 당했으니, 이제 이 권총도 치우겠네. 까짓 움직여봤자, 진정시킬 방법은 쌔고 쌨으니까."

그는 이미 카베트의 권총이 들어 있는 자신의 호주머니 속에 총을 집어넣은 다음, 의자에 앉으며 말을 이었다.

"자, 어디부터 시작할까? 자네 오늘 저녁에 나를 묶어놓으려고 졸개들까지 동원하는 자상함을 발휘해주셨더구만. 내가 레른 양을 돕지 못하게 말이야. 아니라고는 하지 마. 나도 다 귀가 있으니까. 문제는 자네가 변변치 못한 종자라는 거지. 한 치 앞을 내다볼 줄 몰라요. 레른 양은 현재 안전한 곳으로 모셔졌어. 보다시피 이 집엔 내가 떡하니 앉아 계시고 말이야. 내 집은 텅텅 비어 있지. 자네의 그 멍청한 졸개들 걱정은 안 해도 돼. 어떻게 됐는지는 조금 있다 눈으로 확인시켜줄 테니까. 얼마나 얌전해 졌는지, 보면 놀랄걸!"

카베트가 몸서리를 치자, 대위는 이렇게 덧붙였다.

"어허, 진정해 이 친구야. 멀쩡히 살아 있을 테니까. 상처 하나 없을걸. 모조리 자네한테 넘겨줄 거야. 자네를 많이 그리워하는 것 같더라구. 그들에겐 나 같은 사람 함부로 건드리면 절대 안 된다는 엄중한 경고가 필요했을 뿐이지. 이젠 많이 배웠을 거라 믿어…… 자네도 마찬가지겠지…… 아무렴, 자넨 아직 멀었어. 나 같은 사람 넘보지 말라구. 언제든 맘만 먹으면 자네 하나 가르치는 건 일도 아니니까 말이야."

카베트는 괴로워하면서도 꼼짝 않고 듣고 있더니, 별안간 당당한 목소리로 말을 잘랐다.

"이것 봐, 뤼팽, 너무 잘난 척하지 마. 당신도 '살인마 트리오'를 데려다 쓴 적이 있잖아!"

"그랬지, 내 몸뚱어리를 포함해서 짐을 좀 옮기려고…… 금화 자루들 기억하지? 클레오파트라가 몰래 카이사르 곁으로 갈 때처럼, 자루를 뒤집어쓰고 자네 소굴로 잠입한 것 말이야. 그날은 내가 자네한테 민폐 좀 끼쳤지, 안 그런가? 그래, 정당한 이유로 그 녀석들 근력을 좀 빌리긴 했어. 그 당시 자넨 이미 삼인조를 부리고 있었고, 침투 수단으로 활용할 자루들을 놈들이 운반하기로 되어 있으니 나로선 어쩔 수 없었다구! 지극히 자연스러운 일이었지…… 한데 자네는 나쁜 짓을 하려고 녀석들의 비열한 측면을 적극 활용한 것 아닌가 말이야. 그건 참 구질구질한 거지…… 그리고 말이 나온 김에 하는 말이네만, 자넨 품삯도 꾀죄죄하게 지불했더구만. 아주 인색했어. 조잡하고, 쩨쩨해…… 수완도 별 볼 일 없고 앞을 내다보는 능력도 꽝이야. 무엇보다 추잡한 자기 욕정 하나 다스리지 못해 목표를 망치고 있질 않은가! 오늘 저녁, 자네가 할 중요한 일이 무엇이었지? 자네 상관이 가져오라고 시킨 책을 내 집에서 찾아내는 것 아니었나? 그런데 이렇게 제 욕심 먼저 챙기겠다고 여자한테 헛물이나 켜고 앉았으니……"

순간, 백지장 같은 얼굴로 카베트가 더듬거렸다.

"상…… 상관이라니?"

"그래, 자네 상관. 자네가 누굴 위해 일하는지 내가 영영 모를 줄 알았나? 어떤 막강한 조직이 버티고 있는지 모를 줄 알았어? 내 조만간 자네 상관을 만나 직접 얘기하겠지만, 수하들을 영 잘못 거느린 것 같아…… 자넨 이제부터 책에는 신경 꺼. 이 문제는 내가 직접 그를 만나 처리할 테니까. 겸사겸사 자네를 송환하든지 다른 데로 보내버리도록 요청할 생각이네."

"송환이야…… 내가 원하기만 하면……"

카베트가 툴툴거리자 대뜸 독설이 쏟아졌다.

"착각하고 앉았네! 자네의 바람과는 무관해. 자넨 일개 종에 불과하다구. 자네로선 그 위력을 나만큼도 알 리 없는 거대한 기계장치의 톱니바퀴 하나에 불과한 존재란 말일세. 첩보기관의 요원 한 명이 임무에 실패할 경우, 활동 무대를 전면 재조정한다는 건 익히 알려진 사실이야. 자넨 그 규칙에 복종하면 그만이고. 알았으면 찌그러져!"

카베트는 완전히 주눅이 들어 더이상 저항하지 못했다. 대위는 일어나 자세를 꼿꼿이 하고 말했다.

"그래, 당당히 선언하거니와 나는 뤼팽이다! 그것이 자랑스럽다! 자네가 진 거야."

그는 카베트에게 다가와 어깨를 토닥이며 덧붙였다.

"자, 이제 가서 자네의 귀여운 새들을 풀어줄까. '살인마 트리오'는 충분한 대가를 치른 셈이야."

카베트는 망연자실 시키는 대로 따랐다.

출입문 앞에 이르자, 아르센 뤼팽이 호주머니에서 금속 케이스를 꺼내 내밀었다.

"담배 태우겠나?"

"싫다."

영국인은 퉁명스레 대꾸했다.

"사람하곤 참…… 좀 담대해져보게. 자넨 그게 아주 모자라. 아무튼 나는 자네한테 원한 없네. 자넨 스스로 깜냥이 안 되는 줄도 모르고 제멋대로 나댄 애송이일 뿐이니까."

뤼팽은 담배에 불을 붙여 문 뒤 말을 이었다.

"책을 확보한답시고 여기서 뒤늦게 애써봤자 소용없어. 원본은 안전한 곳에 따로 보관 중이거든. 내가 가지고 있는 건 사본이지. 내일 그걸 도슨 경의 수중에 넘길 거고. 자네처럼 순박한 사람이 혼자서는 암만해도 눈치채지 못할 일이라 이렇게 꼬치꼬치 알려주는 거야. 자, 어서 가지."

그는 영국인을 데리고 현관 쪽으로 걸어가 밖으로 사라졌다.

14
덫

토니 카베트가 나타나기에 앞서, 앙드레 드 사브리는 조제팽과 마리테레즈를 집으로 데려와 가택침입에 대비한 방범장치 작동법을 신속하게 일러주었다.

조제팽이 발을 구르며 좋아했다.

"세 명 다 독 안에 든 시궁쥐 꼴 나겠네요! 정말 근사해요!"

캡틴은 소년을 타일렀다.

"나도 우리가 놈들을 혼내줄 걸로 믿는다. 하지만 미리 흥분하는 것은 좋지 않아. 냉정을 유지해야지. 우리가 지켜야 할 정신자세를 명심하거라."

"명심하겠습니다, 캡틴! 근데 하나 궁금한 점이 있어요. 바깥거리 쪽에서만 이 집으로 드나들 수 있는 건 아니죠? 제가 아까 반대편에서 본 정원과 별채들 쪽으로도 다닐 수 있죠?"

"그렇단다. 그쪽이 오히려 정문이라고 할 수 있지."

"그럼 그쪽에서 들이닥치면 어쩌죠? 이런 식의 대응책을 미리 경계해서, 반대편 담을 넘어 정원을 가로질러 오면 곤란해질 텐데…… 그럴 경우 어떻게 해야 하나요?"

앙드레 드 사브리는 빙그레 웃으며 대답했다.

"그건 별로 걱정 안 해도 된다. 그들은 카베트가 손수 열어줄 거리 쪽 문을 통해 손쉽게 들어오는 방법을 택할 거야. 불법침입의 위험부담을 가급적 피하고 싶을 테니까. 자고로 침략자에게 무엇이 가장 손쉬운 수단인지를 살펴야 하는 법! 하지만 만약의 경우를 대비하려는 너의 자발적인 태도는 정말 보기 좋구나. 그만큼 관찰력과 주의력이 좋아지면서 당면 문제에 진지하게 대처하는 자세를 갖추기 시작했다는 뜻이니까. 아주 좋은 점수를 받을 만해! 아무튼 안심해도 된다. 내가 떠난 다음에 방금 일러준 대로 조작하면, 이쪽과 같은 방식으로 집 반대편에서도 장치가 작동하게 되어 있으니까. 차고에서 아까 보여준 제어장치가 두 부분으로 나뉘어 있던 건 기억하지? 말하자면 그걸 어느 한쪽으로 돌려놓으면 반대편 장치에 자동으로 접속이 차단되는 거야, 알겠지? 즉, 그들이 어떤 전략으로 나오든 네 말마따나 '독 안에 든 시궁쥐 꼴' 날 거란 얘기지."

"아, 이제 안심이에요! 캡틴은 항상 모든 걸 내다본다는 사실을 생각했어야 하는데……"

일행과 함께하며 모든 과정을 지켜본 레른 양이 물었다.

"앙드레, 이런 기막힌 방범장치를 당신 혼자서 발명한 거예요?"

대위는 얼버무리는 투로 대답했다.

"별로 어렵진 않았습니다. 실은 오랜 기간 전기장치의 활용에 관심이 있었거든요…… 그러던 중 기술적인 측면에서 풍부한 상상력과 이해를 갖춘 전기 기사이자 아주 유능한 친구 한 명을 알게 된 것이 결정적이었죠."

코라는 고개를 절레절레 저었다.

"여전히 겸손하시네요……"

"오, 그렇지 않아요. 나는 내 재능을 정확히 파악하고 있습니다. 재능을 제대로 써먹으려면 우선 그걸 잘 파악하는 게 필요하죠. 혼자 들떠 과시하는 것과는 다릅니다. 이래봬도 난 정확한 사람이에요. 가당치도 않은 걸 가지고 부풀리는 짓은 결코 하지 않아요…… 이런 얘기는 이쯤 해둡시다. 이제 서재로 가서 요즘날 귀찮게 하는 사람들이 그토록 관심을 쏟고 있는 책 구경이나 하죠."

일행은 예술적 감각과 균형감이 돋보이는 장방형의 널찍한 방으로 들어갔다. 사람들이 옛 예배당 제의실로 알고 있는 바로 그곳이었다. 레른 저택의 여러 부속건물 중에서 사브리가 하필 이곳을 택한 이유는 다른 데보다 월등한 채광과 해체된 성의 잔해물이 맘에 들어서였다. 서재는 그런 점들을 최대한 장점으로 승화시킨 결과물이었다.

전체를 둘러본 코라의 입에서 감탄이 절로 나왔다.

"앙드레, 이렇게 집에 불러줘서 정말 고마워요! 그동안 어쩜 그렇게 사람을 얼씬 못 하게 하는지!…… 저 정말 심통도 나고, 약간 불안하기도 했단 말이에요……"

"아직 때가 아니어서 그랬던 겁니다. 당신의 평가를 아껴둔다는 생각으로 소소한 즐거움 따윈 자제해왔던 셈이죠……"

"결국에는 당신의 그런 마음 이해했답니다."

앙드레는 패널벽 중앙에 설치된 유리 진열장 앞으로 여자를 데려갔다.

"여기 이것들이 제국의 장군이셨던 선조 중 한 분의 유품들입니다. 아까 말한 책도 그중 하나이지요. 세인트헬레나 섬에서 작성한 유서를 통해 나폴레옹이 직접 그분에게 남기신 거예요."

그는 진열장 문을 열고 정교하게 장정된 육필 소책자 한 권을 꺼내 여자에게 건넸다.

"이것이 바로 잔 다르크의 고백록입니다. 영국 장교들한테서 주워들은 영국 고위정치*의 여러 원칙들이 요약되어 있지요……

---

* 군사, 외교 등에 관계된 정치.

그때 이후로 그런 원칙들에 큰 변화는 없습니다. 과연 보수적인 국민이지요. 영국 첩보기관의 높으신 분들께서 황공하게도 이 몸을 예의 주시하시고, 이 문헌을 회수하지 못해 안달인 이유가 바로 그것입니다…… 사본에 불과한데도 말이죠. 원본은 신중을 기하자는 뜻에서 보다 안전한 장소에 모셔두었거든요."

여자가 웃으면서 책장을 넘기는 동안, 대위는 말을 이었다.

"선조이신 그분이 이 책을 왜 간직하고 있었는지, 그 점은 언젠가 당신한테 따로 이야기해주겠습니다…… 결국은 아름다운 러브스토리였거든요…… 하지만 오늘 밤 우리에겐 시간이 없습니다. 당신의 안전을 확보하는 것이 급선무예요."

코라가 장난스레 반문했다.

"이 책의 안전처럼요?"

"원본을 보관한 장소는 아닙니다만, 내가 아끼는 모든 것을 모셔두는 곳이 있어요. 어서 유모한테 당신을 데려가라고 해야겠어요. 나는 아이들에게 추가로 몇몇 지침들을 내려줄 겁니다. 그러고 나면 유모가 아이들이 먹을 간단한 식사를 준비할 것이고…… 당신은 안전한 거처로 옮긴 뒤 거기서 느긋하게 저녁식사를 하세요……"

"당신은요?"

"나요?……"

"네. 다른 사람들 저녁 걱정만 하는데, 정작 당신 식사는 어떻게 할 거죠?"

"오, 나는 괜찮아요……"

"저는 안 괜찮아요! 당신은 저녁 내내 긴장 속에서 보내야 하잖아요. 그만큼 충분한 영양을 섭취해야 해요."

"고마워요. 꼭 그렇게 하리다! 아이들 먹는 샌드위치 몇 개 챙겨서 갈게요. 당신 집에서 카베트를 기다리며 맛있게 먹을 겁니다. 네, 당신 말이 맞아요. 저녁 먹을 시간조차 없다면서 바쁜 척하는 인간들, 나 역시 정말 믿음 안 가더군요."

그는 책을 도로 넣어두고 진열장을 닫았다. 옆방으로 코라를 데려가 유모에게 맡기면서 아이들 먹거리와 관련해 몇 가지 당부를 한 다음, 조제팽에게 돌아와 또다시 몇몇 지침을 내렸다.

거기까지 마무리한 뒤, 비로소 그는 조제팽과 마리테레즈만 남겨둔 채 두 여자를 데리고 레른 저택 앞에 주차해둔 차로 걸어갔다.

*

"방금 뭐라고 했어? 대단한 물건?"

조제팽이 머리를 절레절레 흔들며 말했다.

"응. 침략자들은 이런 게 있으리라곤 아마 꿈에도 생각 못 할 거야!"

"'침략자'라…… 무슨 활극 얘기라도 하는 것 같구나."

"흥, 마음대로 비웃어. 아까 그 말을 한 사람이 다름 아닌 캡틴이라는 걸 깜빡한 모양이지?……"

"그래 알았어, 화내지 마…… 지금 이렇게 수다나 떨고 있을 때가 아니야. 내가 이걸 작동시켜야 한다구. 알겠니? 너는 일단 먹을 걸 가지고 뒤로 물러나 차고에 틀어박혀 있어야 해. 장치가 작동하는 순간부터 마당 포석의 절반은 발로 디딜 수 없게 될 테니까. 나는 스위치가 있는 서재에서 기계를 작동시킨 다음, 옆 창문으로 나가 너한테로 가면 돼."

"어떤 걸 올리는지는 기억하고 있어?"

"물론이지. 간단해! 잠깐이면 끝날 거야. 꼭 뮤직홀의 배전반처럼 생겼다니까."

"그건 또 어디서 봤어?"

"전에 라디오방송국 순회공연 때 딱 한 번 봤지."

마리테레즈는 놀리는 표정으로 오빠를 바라보았다.

"어이구, 아는 것도 많아요! 아 참, 오빠 총 가지고 있어? 그들이 오기 전에 하나 가지고 있는 게 좋을 거라고 캡틴이 말한 거 기억하지? 나는 가지고 있어."

조제팽은 손짓으로 오케이 사인을 하고는, 지시했다.

"조심해! 뒤로 빠져! 이따 차고에서 만나는 거야!"

후닥닥 집 안으로 뛰어들어간 잠시 후, 건물 측면 창문 밖으로 홀쩍 뛰어내린 조제팽은 둥글게 우회해서 차고로 다가갔다. 등나무 의자에 느긋하게 기대앉은 마리테레즈가 물었다.

"벌써 다 됐어?"

"준비 끝! 여러 번 반복해서 조작도 해봤다니까. 소켓을 끼웠다, 뺐다, 다시 끼웠다, 뺐다…… 요란한 소리 안 들렸어?"

"희미하게……"

"거봐, 이제 더 뭐가 필요하겠어! 기다리는 일밖에 안 남았지."

소년은 안도의 한숨을 내쉬면서 털썩 주저앉았다.

"아무튼 재미있을 거야…… 아, 이제 뭐 좀 먹어야겠다. 배고파. 너는?"

"나두! 먹을 걸 갖다놓으니까 더 그런 것 같아! 저기 널빤지 위를 좀 봐. 파이, 삶은 계란, 샌드위치, 백포도주, 과일…… 보면 알 거야. '변두리 주점'에서 먹는 것하고는 차원이 다르다니까!"

"이야, 굉장하네! 소리가 밖으로 새나가면 안 되니까 그만 떠들고 어서 먹기나 하자."

"알았어."

둘은 가끔 소리 죽여 웃기만 할 뿐 조용히 저녁식사를 했다.

한 시간 뒤, 조제팽이 벌떡 일어나 중얼거렸다.

"자동차 서는 소리가 났어. 분명 그들일 거야. 자, 손은 호주머니 속으로! 권총 그러쥐고, 손가락 방아쇠에 걸고! 집중!"

아니나 다를까, 거리 쪽으로 난 레른 저택의 간이출입문이 열쇠를 소지한 토니 카베트에 의해 활짝 열리자 '살인마 트리오'가 차례차례 들어섰다. 카베트는 삼인조에게 사브리 대위의 거처를 손짓으로 가리켰고, 자신은 뒤쪽으로 돌아 정원을 가로지르기 시작했다.

이 모든 광경을 차고 안에서 아이들이 지켜보고 있었다. 떡 벌어진 어깨의 두블튀르크가 발소리를 죽여가며 마당 포석 한복판으로 걸어갔고, 그 뒤를 보다 체구가 작은 푸이나르와 푸스카페가 나란히 따랐다.

조제팽이 누이동생의 팔꿈치를 툭 건드렸다. 둘은 서로 눈짓을 교환했다.

"됐어……"

소녀가 속삭였다.

사브리가 거주하는 건물 앞마당은 조금 독특하고도 아름답게 조성되어 있었다. 우선 형태가 사각형이 아닌 원형이며, 서로 다른 넓이와 색깔의 동심원 두 줄로 모자이크 포석이 깔려 있었다. 정중앙에는 물줄기를 뿜는 납작한 원형 분수가 반짝였고, 둥그런 마당을 돌아가며 색조 벽토로 장식된 낮은 담장이 둘러쳐 있었다. 그 한 지점에 출입로가 뚫려 있는데 양쪽으로 기둥이 세워져 있고, 장미 넝쿨이 무성한 페르골라가 자리했다.

'살인마 트리오'는 분수를 끼고 돌아, 안쪽의 좁은 청색 포석

위를 걸어갔다. 선두를 맡은 두블튀르크가 마침내 바깥쪽 넓은 적색 포석에 발을 디디는 순간, 예기치 않은 소리가 그를 흠칫 놀라게 했다. 뭔가 거칠고 기분 나쁜 소리였다! 새된 소음을 일으키는 어떤 동력장치가 작동되면서 그가 질겁해 서 있는 바닥이 빙그르르 돌기 시작했다. 난데없는 회전운동이 어느 순간 멈추자 두블튀르크는 마당을 에워싼 담장의 중간쯤에 위치하게 되었다. 그리고 바로 다음 순간, 미세한 레일장치를 통해 담벼락에서 단단한 강철집게들이 튀어나와 팔과 다리, 몸통을 각각 삼단으로 결박하는 것이 아닌가!

악당은 길길이 악을 썼지만 엄청난 괴력에도 불구하고 결박장치는 꿈쩍도 하지 않았다. 모든 걸 지켜본 나머지 두 명은 안쪽 청색 포석을 디디고 선 채 공포에 질려 한 발짝도 움직이지 못했다. 아니, 설사 도망칠 생각이 있어도 그럴 틈이 없었다. 두블튀르크를 결박한 집게가 완벽하게 맞물리자마자, 청색 포석을 밟고 서 있던 푸이나르의 발밑에서 이상한 움직임이 감지되는 것이었다! 중앙에서 원주 쪽으로 뻗어나가는 모자이크의 횡단면이 스르르 미끄러지면서 적색 포석, 즉 두블튀르크를 무력화시킨 지옥의 모자이크 바닥으로 이동하고 있었다……

푸이나르의 몸뚱이가 일단 적색 포석으로 이동하자, 방금 전에 펼쳐졌던 회전운동과 강철집게의 결박기능이 고스란히 재연되었다. 그러는 동안, 청색 포석을 딛고 선 채 완전히 공황상태에 빠진 푸스카페 역시 손가락 하나 까딱할 수 없었다. 무슨 수를 써서라도 저런 처지는 면해야겠다는 생각뿐이었다. 원래 푸이나르의 왼쪽에 붙어 걷고 있었던 그는 잔머리를 굴리기 시작했다. 이제 위치가 드러난 요망한 모자이크 조각을 피하기 위해서는 무조건 왼쪽으로 방향을 잡아야 할 터! 그러나 아뿔싸! 왼쪽도 오른쪽과 마찬가지로 모자이크 횡단면이 움직이면서 가공할 적색 포석으로 이동하는 것은 매한가지였다. 하나 다른 점이라면 이번에는 적색 포석의 회전운동이 반대로 진행되어, 두 동료와 마주 보는 위치의 벽에 결박당한 꼴이 되었다는 것!

"어이, 회전판 위의 손님들, 오 분간 휴식! 식사 시간입니다!"

조제팽이 짓궂게 외쳤다.

오누이는 아까부터 차고에서 나와 총을 겨눈 채 작전이 제대로 적중하는지 지켜보고 있었다.

조제팽이 말했다.

"자, 이제 슬슬 모든 걸 작동 중지시켜야지. 그래야 아무런 문제없이 저 양반들한테 가서 몸수색을 하지. 잠깐 기다려. 집 반대편은 손 안 대고 놔둘 거야. 혹시라도 또다른 방향에서 누가 불쑥 나타날지 모르잖아……"

"그럼 또 창문을 통해서 집 안으로 들어가야겠네?"

"아니. 차고 안에도 정지장치가 있어. 캡틴이 가르쳐줬잖아. 너는 아무 걱정 마."

소년은 차고 안으로 들어갔다가 금세 나오더니, 동생을 데리고 두블튀르크 쪽으로 걸어갔다. 이동판 위를 지나다 말고 소녀가 흠칫 물러섰다.

"아, 나도 밟았어! 이게 움직이면 어떡하지?……"

"바보. 지금 이쪽은 다 정지돼 있어. 게다가 마당의 절반은 위험하지 않다는 거 잊었어? 중앙의 분수를 지나야 그때부터 전기가 흐른단 말이야. 어서 따라와, 겁쟁이! 네 도움이 필요하다구!"

두블튀르크는 오누이가 다가오는 것을 물끄러미 바라보고 있었다. 문득 그의 둔한 머릿속에 터무니없는 미신이 스멀스멀 고개를 들면서 가슴이 철렁했다. 방금 전까지만 해도 세 불한당에게 온갖 조화를 부리던 공간을 두 아이가 아무렇지도 않게 또박또박 걸어오는 것이 아닌가!

그런 눈치를 읽은 조제팽이 거한을 향해 외쳤다.

"어때, 놀랐지? 우린 착한 사람이라 멀쩡하게 지나다니는 거야. 여기선 나쁜 사람만 벌을 받는다구. 그러니 누가 나쁜 짓을 하래…… 아무튼 수고했어! 보수는 그냥 말로 때워도 되겠지?"

두블튀르크는 뭐라고 대꾸하는 듯했지만 알아들을 수 없었다. 마리테레즈가 권총을 겨누자 그저 겁에 질린 눈을 끔뻑거릴 뿐이었다. 조제팽이 안심시켰다.

"해치진 않을 테니 걱정 마. 호주머니 비울 동안 경고 차원에서 겨누는 거니까."

그렇게 말하면서, 조제팽은 악당의 바지 주머니에서 권총 한
자루와 단도 두 자루를 꺼냈다.

"항상 더러운 잡동사니뿐이군! 이게 다야?"

"그렇다……"

"재갈은 어디 있지?"

"윗옷에……"

조제팽은 악당을 꼼짝 못하게 붙잡고 있는 강철집게 사이로
손을 넣어 재갈을 찾아냈다.

"대단한 호주머니들이야! 밧줄은?"

"그건 내가 아니라 두목이 갖고 있어……"

"푸이나르?"

"그래. 내가 지금 거짓말해봤자 무슨 이득이 있겠어. 더이
상 아무것도 할 수 없다구. 그냥 여기서 빠져나갔으면 좋겠어.
너무 꽉 조여서 답답해…… 힘들어…… 도대체 날 어쩔 거냐
구……"

"더이상 여기 얼씬하지 말아야겠다는 것만 깨달으면 풀어줄
거야."

"그게 전부야? 그럼 이제 알았어, 깨달았어!"

"그럼 얌전해져. 좀더 참으면서 생각을 가다듬어봐. 결심을 굳
히고. 이제 담요를 걸쳐줄 거야. 밤공기가 무척 차거든. 게다가
너희가 해치려던 캡틴 코코리코께선 죄인의 사망까지는 바라시

지 않거든. 너희들이 감기 걸리지 않도록 하라며 지시를 내리셨지. 우리 캡틴께선 그 정도로 가슴이 따뜻하신 분이라구! 자, 또 보자! 건투를 빌어! 가만 보니 나쁜 놈이라기보다는 멍청한 놈이네……"

오누이는 푸이나르 앞으로 와서도 똑같은 절차를 밟았다.

"밧줄 어디 있는지 말해!"

"왼쪽 호주머니……"

조제팽은 왼쪽 호주머니에서 밧줄을, 오른쪽 호주머니에서는 권총과 칼을 찾아냈다.

"감히 코흘리개 조무래기가 탐정 노릇을 하다니!"

별안간 악당이 악을 썼다. 그는 그나마 움직임이 자유로운 머리를 있는 대로 내밀어 조제팽을 깨물려고 몸부림쳤다.

"역겨운 놈! 보아하니 셋 중 제일 몹쓸 놈이로구나! 당장 총에 맞아도 마땅하지만, 솔직히 총알이 아깝기도 하다."

조제팽은 푸스카페 앞으로 다가가며 장난스레 내뱉었다.

"자, 다음 분 나오세요!……"

푸스카페에게선 권총 한 자루밖에 나오지 않았다. 조제팽은 총을 빼앗으며 말했다.

"보아하니 별로 열심히 일할 마음이 없는 악당 같네?"

"난 피곤한 건 질색이거든."

건달은 마리테레즈를 향해 껄렁한 미소를 날리며 이렇게 덧붙였다.

"저 아가씨처럼 잘빠진 몸매는 아니지만, 나 대신 고생 많이 해주는 어여쁜 영계들이 참 많지…… 어이, 예쁜이, 언제든 마음 내키면 찾아줘요, 책임지고 잘해줄 테니까……"

"당장 그 입 닥쳐! 아주 혼쭐이 나고 싶은 모양이지?……"

조제팽이 버럭 소리쳤다.

"알았어, 알았다구. 입 다물면 되잖아…… 화내지 마. 농담도 이해 못 하나?…… 그저 여성 분 비위 좀 맞춰주었을 뿐이라구. 헛소리도 약간 가미해서…… 하고 있는 자세도 그리 즐겁지 않은 판에 사람이 조금은 기분전환도 필요하지 않은가……"

"헛소리하고 싶으면 혼자 있을 때 실컷 해. 뭐라 안 할 테니까……"

조제팽이 말한 대로 마리테레즈는 담요를 가지고 와서 금속 장치를 포함해 몸 전체를 감싸도록 세 포로의 어깨 위에 각기 한 장씩 걸쳐주었다.

조제팽과 마리테레즈가 다시 안락의자로 돌아와 쉬려고 하는데, 문득 귀에 거슬리는 소리가 들렸다. 아까 모자이크 포석이 움직이기 시작할 때 나던 소리와 비슷했다. 조제팽이 바짝 귀 기울이며 말했다.

"다른 쪽에서 또다른 시궁쥐가 걸려들었나? 내가 알아보러 갈 테니까 넌 여기서 꼼짝 말고 저놈들이나 감시하고 있어."

한참 만에 돌아온 소년은 활짝 웃고 있었다.

"맞았어! 네번째로 걸려든 쥐가 있네! 희한한 일이야…… 누군지 알아? 바로 차 안에 있던 그 '영국 놈'이라구!"

"차 안에 있던 '영국 놈'?"

"그렇다니까. '변두리 주점' 말고, 차에 머물러 있던 사람. 주점에서 본 금발보다 왠지 좀더 중요한 사람 같았잖아."

"우아, 근데 이제 어떡할 거야?"

"글쎄…… 어떻게 하면 좋을까? 기다려봐야지…… 솔직히 당황스럽더라니까. 워낙 깔끔한 모습이라, 감히 옷을 뒤지지도 못했어. 그자도 캡틴처럼 여기 살아. 괜한 실수하지 않게 조심해야지. 일단 가만히 놔둬보자."

마리테레즈는 궁금한 표정으로 물었다.

"그쪽은 어떻게 생겼어?"

"오, 근사한 계단과 꽃이 있는 것 말고는 이쪽과 마찬가지야. 아치형 출입로가 장미 넝쿨로 장식된 담장이 둥그렇게 있고, 그 안으로 둥근 분수, 그 둘레로 파란색 빨간색 모자이크 포석이 이쪽과 똑같아. 분수를 지나 포석을 밟으면 벽에 붙들어 매는 집게도 마찬가지고. 이것저것 엄청 복잡하지 뭐!"

"그 영국 사람이 뭐라고 안 해?"

"그 사람? 전혀! 꾹 참고 있던걸. 사람 됨됨이가 고스란히 드러나더라니까! 심지어 집게 재질이 녹슬지 않는 크롬강이라 절대 옷을 더럽히진 않을 거라고 말해줬더니, 지긋이 나를 보며 웃더라니까."

"오빠도 참 뻔뻔하다!"

"얼마나 화사하고 멋진 정장을 입었는데! 조금이라도 친절하게 대하려고 그런 것뿐이야."

"그 사람한테도 담요 갖다줄 거야?"

"그래야지. 그거 가져가면서 아예 시동장치도 꺼놔야겠어."

"몸수색 안 한다면서? 그럼 그냥 놔둬도 되잖아?"

"그렇지 않아, 바보야. 우선 담요를 걸쳐주려면 그 앞으로 지나가야 하는데, 그대로 두면 나까지 걸릴 것 아냐! 나중에 캡틴도 그 사람한테 다가가 얘기를 나누려 할지 모르고……"

"아, 그렇지. 내가 생각이 모자랐네…… 어서 캡틴이 와주면 좋겠다!"

"누가 아니래……"

오누이의 소원은 금세 이루어졌다. 앙드레 드 사브리가 나타난 것이다. 공범들의 처량한 몰골 앞에서 망연자실한 토니 카베트도 함께였다. 수족과 몸통을 옥죄는 강철집게와 더불어 몸 전체가 담요에 덮인 채 반쯤 졸면서 축 늘어져 있는 몰골이 우스꽝스럽기도 했다.

사브리 대위가 삼인조를 손가락으로 가리키며 카베트에게 말했다.

"어때, 만족하나? 자네 친구들을 잘 모셔두었네! 나의 회전목마를 한번 즐겨보고 싶다면, 아직 자리가 세 개 남아 있으니 도전해보도록! 기가 막히게 재미있다니까!"

그러고는 삼인조를 향해 외쳤다.

"별로 아프진 않지? 춥지도 않고? 애먼 사람 묶으러 왔다가, 너희들이 묶인 꼴이야. 앞으로는 자기한테 싫은 짓은 남한테도 하려고 들지 말 것! 다시는 얼굴 안 본다는 조건하에 이제 너희들을 풀어줄 거다. 내가 어떻게 나 자신을 방어하는지, 결코 잊지 말도록! 덕분에 근력들 좀 붙었겠는걸!"

그때 조제팽이 조심스레 말을 건넸다.

"캡틴, 한 명이 더 있는데요……"

"아하, 반대편 말이냐? 내 그럴 줄 알았다……"

"아는 얼굴이었어요. 자동차를 타고 있던 '영국 놈'이에요. 어떻게 해야 할지 난감하더라구요. 몸수색은 하지 않았어요. 제가 잘못한 건가요?"

"아니, 항상 그랬듯이 아주 잘했다."

"현재 모든 곳의 기계가 정지된 상태입니다. 마음대로 다니실 수 있어요."

"고맙다. 이제 반대편 마당으로 가봐야지. 집게들을 모두 열어

라. 죄수들을 다 풀어줘…… 카베트 당신은 똘마니들 데리고 이 제 그만 가보시오, 안녕!"

'차 안의 영국 놈'은 조제팽이 집게를 풀어주자 끔찍한 압박에 서 벗어나 몸을 이리저리 움직여보았다.

앙드레 드 사브리가 다가와 말했다.

"오호, 이거 죄송해서 어쩌나, 도슨 경!…… 내가 워낙에 적 이 많은 사람이라 집에 아무나 접근하게 방치할 수가 없다오! 오 실 거면 미리 약속부터 하셨어야지…… 아무튼, 척 보니 상황은 알겠구려. 대단한 서적광인 것 같은데, 내 장서들을 하루라도 빨 리 보고 싶은 마음에 그만 무리를 하신 듯합니다!"

영국인은 곁눈질로 대위를 바라본 뒤 대꾸했다.

"즐거웠소! 구질구질하게 변명은 하지 않으리다. 이래봬도 스 포츠맨십을 갖춘 사람이오."

"그 멋진 베이지색 고급 정장도 크게 구겨진 데 없는 거요?"

"농담은 그쯤 해둡시다. 대단한 한판이었소. 완전히 녹초요. 가서 눈이나 좀 붙여야겠소……"

그는 악수를 청하며 이렇게 말했다..

"그나저나 정말 놀라운 장치입니다! 매달려 있으면서 도대체 어떻게 만들었을까 그게 궁금하더이다…… 당신은 분명 특별한 사람이오. 우린 서로 통하는 데가 있을 겁니다. 내일 아침 아홉 시에 보러 와도 되겠소?…… 바라건대, 그땐 방해받지 않고서 말이오……"

"내일 아침 아홉시! 물론 방해받지 않고!"

앙드레 드 사브리는 환하게 웃으며 덧붙였다.

"그럼 잘 자요!"

"안녕히 주무십시오."

도슨 경이 멀어져갔다.

앙드레 드 사브리는 잠시 홀로 남아 뿌듯한 표정으로 생각에 잠겼다. 그는 밤중에 아이들을 팡탱으로 돌려보내지 않고 어떻게 편안한 잠자리를 마련해줄까 고민하면서 천천히 걸음을 옮겼다.

15
담판

"좋은 아침입니다. 제가 정확했죠?"

"아홉시 정각이군요."

악수를 나눈 다음, 앙드레 드 사브리는 도널드 도슨을 서재로 맞아들였다.

영국인은 사브리가 가리킨 맞은편 안락의자에 아주 편한 자세로 앉았다.

"당신 정원 말입니다. 밤보다는 지금이 훨씬 낫더군요! 놀라운 건 그게 아름답기까지 하다는 사실입니다!"

영국인이 호탕하게 내뱉자 사브리가 받아쳤다.

"거듭 사과드리지요. 아시겠지만, 당신을 염두에 두고 만든 건 아니었어요."

"다 잊었습니다. 뭐 자업자득이지요…… 난 그저 경이로운 장치를 목격했다는 사실만 기억해둘 뿐입니다. 그 설계도면이 무척 탐나는군요."

"아, 물론…… 그 정도 설계도면은 당신이 보기에 뻔한 걸 텐데!"

"뭐라구요? 내가 보기에 뻔하다니?……"

"당신의 활동분야에 속한다는 뜻이외다, 도슨 경. 그토록 오랜 기간 어떻게 당신을 한낱 별 볼 일 없는 사교계 건달로 착각할 수 있었는지, 지금 나 자신이 용서가 안 되고 있소. 그 점에서 당신은 나를 완벽하게 농락한 거요. 오늘에 와서야 눈을 뜨게 된 기분이랄까. 그러니 당신만 괜찮다면 이제 더이상 수작 부리느라 시간 낭비 말고, 서로 솔직해지잔 말이외다!"

"당신과의 협상이야 즐거운 일이지요. 우리 모두 사업상 명쾌한 일처리를 좋아하는 성격이니 그렇게 하는 것이 보다 편리하고 기민한 자세겠죠!"

"아무래도 분명히 짚고 넘어가야 좋을 것 같소, 도슨 경. 첫째 우린 지금 사업 이야기를 하는 게 아니고, 둘째 함께 협상할 사이도 아니라는 사실!"

영국인은 한층 가라앉은 태도로 우물거렸다.

"허어……"

그러더니 거의 무례하다 싶은 어조로 물었다.

"그래서 어쩌잔 말이오?"

앙드레 드 사브리는 도도함과 기세에서 상대를 압도하고 있었다.

"방금 그 질문은 내가 당신한테 던져야 맞는 것 같소이다. 당신 참 별난 사람이로군그래! 당신은 어젯밤 불시에 내 집을 방문했소. 몰래 집 안으로 들어가 당신이 탐내는 문헌을 탈취하려는 분명한 의도를 갖고서 말이오. 부인하지 마시오. 알다시피 나 그리 만만한 사람 아니니까. 그러다가 된통 걸렸고, 덫에 걸린 몰골로 오늘 집에 정식으로 방문하면 좋겠다고 희망을 밝혀온 거요. 한데 지금 오히려 내게, 그것도 따지는 듯한 말투로, '그래서 어쩌잔 말이오?'라니!…… 이것 보시오, 젊은 친구, 당신 좀 지나친 것 같아…… 그런 식으로는 서로 신뢰할 만한 대화를 진행하기가 불가능하지…… 말투부터 바꾸시오!"

도널드 도슨은 즉각 꼬리를 내렸다.

"노여워 마십시오. 아무래도 제 표현이 서툴렀나봅니다. 프랑스어를 알 만큼 알면서도, 제가 아직 그 섬세함에서는 많이 미숙합니다."

"프랑스어의 섬세함이야 잘 모를 수도 있지요. 문제는 당신이 프랑스인의 섬세함에 대해 전혀 아는 게 없다는 점이오. 그 부분에서 많은 가르침이 필요할 것 같구만……"

"가르쳐만 주신다면 더 바랄 게 없을 겁니다. 자, 그럼 이제 원만하게 시작했던 대화의 출발점으로 다시 돌아가보죠! 아까 분명히 '수작 부리느라 시간 낭비 말고 서로 솔직해지자'고 하셨습니다. 그 부분이 저는 마음에 듭니다만, 어떻습니까, 다시 얘기를 시작할까요?"

"좋소이다! 먼저 서로의 진짜 정체부터 밝히는 게 어떻소, 도슨 경. 그러는 것이 보다 명쾌하고 우리 같은 사람들에게 어울릴 것 같은데 말이오. 앙드레 드 사브리가 행정상 정식 등록된 신분이면서 나의 일시적인 분신이란 것쯤 당신도 잘 알고 있으리라 보오. 영국은 물론 프랑스에서까지 당신이 하는 진짜 일이 무엇인지 내가 정확히 꿰뚫고 있는 것과 마찬가지로 말이오."

거기까지 얘기한 뒤, 앙드레 드 사브리는 자리에서 벌떡 일어나 무척 엄숙한 태도로 말했다.

"나는 아르센 뤼팽…… 당신은 영국 첩보기관 고위관리!"

"국장입니다."

도널드 도슨은 전혀 감정을 드러내지 않고 짧게 대꾸했다.

뤼팽이 말을 이었다.

"그것 봐요, 훨씬 낫지 않소? 이제야 서로 애매한 점 없이 마주하게 된 것 같소이다. 진작에 그 책에 대해서도 이처럼 솔직한 태도를 취했다면, 내 앙증맞은 장난감에 그런 자세로 매달려 있지 않아도 되었을 것 아니오! 책을 갖고 싶다고 말했어야죠! 나는 기꺼이 당신에게 건넸을 겁니다."

"정말 그랬을까요?"

"지금도 그럴 준비가 되어 있소. 다만 이쯤에서 다시 짚고 넘어갈 점은 바로 이런 거요. 그 책, 즉 황제이신 나폴레옹 1세께서 세인트헬레나에 계실 때 나의 고조부 뤼팽 장군에게 직접 보내오신 바로 그 책의 원본을 세상의 온갖 탐욕 앞에 고스란히 내놓을 만큼 나라는 사람이 순진하진 않다는 겁니다. 오, 천만의 말씀! 원본은 난공불락의 장소에 고이 모셔져 있지요. 역사 운운할 것도 없이, 제국의 명예를 위해 결코 그것을 처분하지 않을 겁니다! 가문의 유해를 나는 영원히 끌어안고 갑니다. 당신이 눈독을 들여왔을 저 진열장 속 사본은, 당신네 정부가 그걸로 만족할 뜻이 있다면, 쾌히 넘겨드리지요. 물론 그 책에는 위대한 코르시카인의 손길이 직접 닿았다는 감격은 배어 있지 않지요…… 하지만 당신이 충분히 의미 있게 받아들일 거라 믿어 의심치 않습니다. 대단히 훌륭하게 필사된 사본이니까요…… 예술적 차원에서 원본과 거의 유사한 장정에, 내용 또한 한 글자도 누락되거나 오류 없이 옮겨졌습니다. 문제는 영국이 과연 내용을 파악하기 위해 이 책을 원하는 것이냐, 아니면 외국인에게 그 내용을 공개하기 싫어서 책을 거두려는 것이냐입니다. 만약 후자의 경우라면, 당신은 안심해도 된다는 말을 덧붙이고 싶군요. 나는 '잔 다르크의 고백록'을 내 자손에게 대대로 물려주되, 결단코 그 보관장소에서 이탈하는 일이 없게 하라는 유언을 첨부할 작정입니다. 따라서 내 후손들이 당신네 나라의 끈질긴 첩보활동에 시달리는 사태가 벌어질 것이라고는 전혀 생각지 않습니다."

그는 진열장으로 가 문을 열고 책을 꺼낸 다음, 당황한 빛이 역력한 도슨 경에게 건네며 말했다.

"이걸 원하시오? 허튼 생각은 마시구려. 다른 장소에 보관 중인 사본이 여럿 되니까…… 난 은닉처가 무진장 많은 사람이외다…… 한번 들춰보시죠, 당신에겐 꽤 친숙할지도 모를 흥미로운 계율들을 눈으로 확인할 수 있을 겁니다. 예컨대 이런 거죠……"

그는 큰 소리로 또박또박 읽어내려갔다.

모든 땅을 차지하는 자가 모든 황금을 차지하리라.
모든 황금을 차지하는 자가 모든 땅을 차지하리라.
영국을 케페우스좌로 이끌어야 한다.
아프리카 남부를 모조리 차지해야 한다.

도슨 경은 빨갛게 달아오른 얼굴로 손을 내밀었다. 목소리가 쉬어 있었다.

"책을 받겠습니다. 감사합니다. 이 책을 내어주는 대신 원하는 것을 말씀하시면 들어드리지요."

"오, 별것 없습니다. 대가를 바라서가 아니라, 당신 기분 좋게 해드리려고 내어주는 것이니…… 하지만 카베트를 출국시켜주면 기쁘긴 하겠습니다. 당신이 내키는 어디로든 보내주십시오. 내게서 떨어지게만 해달라는 겁니다. 그것이 파리에서 당신 공작 업무의 실패를 의미하지는 않을 겁니다. 사실 그 인간, 참 수준 미달의 공작원이에요. 자기 일에 매달리느라 당신 업무를 망쳐버리는, 참으로 한심한 요원이더란 말입니다…… 하긴 당신이 조속한 확보를 지시해놓고도 이렇게 직접 책을 가지러 내 집을 찾아온 걸 보면 당신 스스로도 그 친구를 전혀 신뢰하지 않는 게 분명하오만! 아무튼 그는 항상 당신의 지령을 벗어나 행동했어요. 옥스퍼드 공을 배신하고 역겹게도 레른 양에게 집적거렸단 말입니다. 천박한 인간이오…… 쓸모없이 천박한 인간…… 게다가 못생기기까지 하다니!"

도슨 경이 씩 웃었다.

"맞는 말씀입니다. 당장 내일 새로운 임무를 맡겨 아주 먼 곳으로 파견토록 하지요."

"감시가 따르는 임무겠죠?"

"물론입니다. 아, 당신은 정말 대단한 사람입니다! 당신 같은 천재가 우리와 손잡고 일해준다면 저로선 더없는 기쁨일 텐데요…… 저는 완전히 혼자입니다!"

"윌리엄 로지가 있지 않소?……"

"어린아이죠. 재미난 친구이자 호감 가는 비서이긴 합니다만,

창의력과 열정, 수완이 아주 모자랍니다. 그런데 당신은……"

뤼팽은 의자에 앉아 한동안 깊은 생각에 잠기더니 입을 열었다.

"미안합니다…… 내가 무슨 이유로 그런 일에 뛰어들겠습니까? 돈이요? 말도 안 되는 소리! 돈은 필요치 않습니다. 이미 너무 많이 가졌고요…… 내 인생 한때는 돈을 찾아 헤매다녔을 수도 있습니다. 인생을 한번쯤 걸어볼 만한 일이기도 하고요…… 다 지난 일입니다. 심지어 어제는 인류에게 유익한 모종의 연구 활동을 위해 어떤 학자에게 내가 가진 것 대부분을 쾌척했답니다. 그 결과 설사 팡탱에서 벌인 과업을 지속할 재원이 바닥난다 해도, 나는 어렵지 않게 또 그걸 마련해낼 거예요. 아직은 별 영양가 없는 일투성이지만, 나는 조금도 주저하지 않고 내 몫을 취할 줄 아는 사람입니다! 그러니 내가 당신과 손잡고 일을 해야만 할 이유가 없지요!"

"하지만 일 자체에서 오는 재미랄까 위험을 무릅쓰는 쾌감, 성공해냈을 때의 짜릿함 등등, 당신 같은 존재에겐 그것만으로도 충분한 이유가 되지 않을까요?"

"그런 말 마십시오. 특히 요즘 들어 나의 야망은 보다 높아지고, 세상을 보는 시각도 훨씬 초연해졌답니다. 싸움을 해도 보편적 가치를 지향하고, 뭔가 기사도적인 방식이어야만 구미가 당겨요. 당신이 늘 해오는 일과는 거리가 멀죠."

"실례지만, 우리도 꽤 신사적입니다!"

"그렇죠, 단지 염치가 없어서 탈이지……"

"거 말씀이 좀……"

"아직 안 끝났소이다. 우리 서로 냉정하게 바라보자구요. 아무래도 도슨 경 당신에게는 있는 그대로 솔직하게 말해야 할 것 같아 하는 얘기요. 개인적으로 당신이란 사람은 마음에 듭니다. 당신과 함께하기도 즐거울 것 같아요. 싫은 건 당신이 속한 그 조직이올시다!"

"그 조직이 얼마나 피 말리는 싸움에 임하고 있는지를 당신이 안다면……"

"그럴 수도 있겠지요. 하지만 아름답진 않더군요."

"그렇게 보고 있다니 놀랐습니다. 우리에 대해 잘못된 정보를 가지신 모양이에요. 아무래도 저질 유언비어에 근거해서 우리를 평가하시는 것 같습니다."

"오, 천만에. 그렇지 않소. 나는 국제정세, 그것도 아주 기가 찰 사건들을 토대로 말하고 있어요. 그 모든 것이 지난 수년간 당신네 첩보기관의 주도로 이루어졌습니다. 나로 하여금 결코 당신네 편이 되고 싶지 않게 만들 정도로 말이죠."

"대체 무얼 갖고 그러는지 어디 들어봅시다."

"나도 얘기할 참이었소. 처음 당신네 기관은 일종의 선전조직이었소. 한데 패권쟁탈을 위한 도구가 되기 위해 어느 순간 신속하게 변신하더이다."

"그건 정당한 변화 같은데요. 누구나 자기 조국을 사랑한다면……"

"물론 그렇죠. 다만 당신 나라가 내 나라는 아니라는 사실이 중요합니다. 어떤 상황에서는 당신네 나라가 내 나라에 배치되는 요구와 계획을 추진할 수 있는 거예요."

"하지만 우린 1914년 전쟁 때 서로 힘을 합쳐 싸웠습니다."

"순전히 일시적 필요성 때문이었죠…… 우리 애국심의 시각을 벗어던지고, 당신의 일을 보다 높은 차원에서 바라보자구요. 당신을 제지할 수 있는 건 아무것도 없습니다. 당신은 조금도 망설이지 않고 살인을 하죠. 어떤 사람의 행동이 당신 일에 방해가 되거나, 단순히 우려할 만하다 판단되어도 당신은 그를 제거하도록 지시합니다. 그건 공공연한 사실이에요. 가차 없이 즉결처형을 한다는 것. 그런데 나는 죽음을 혐오합니다. 살인은 내가 지금까지 결코 기대본 적 없는 극단적 행위일 뿐이에요. 아울러 당신네 조직은 일을 매우 복잡하고 교활한 방식으로 엮어놓길 잘하는데, 이는 나와는 아주 동떨어진 스타일입니다. 당신네 나라의 모든 동방 정책과 지난 수년간 펼친 외교활동을 들여다보면 그 점을 확인할 수 있어요. 심지어 그 이상 간명할 수가 없는 사안을 두고도 당신네 나라의 특기는 요리조리 우회하며 이득을 취하는 것이죠…… 내정內政 방식을 볼까요? 예컨대, 옥스퍼드 공과 관련해서 채택한 전략을 살펴보면, 당신은 그의 결혼 가능성을 앞두고 여차하면 입장을 뒤집더군요."

"옥스퍼드 공은 영국 왕의 사촌입니다. 제가 어찌……"

"그렇게 말할 줄 알았소. 그가 통치에 욕심이 있다는 것을 당신은 잘 알고 있어요. 그런 그를 당신은 눈에 띄지 않게 방해해왔소. 레른 양과의 결합을 조장하는 척했던 것은, 그녀가 엄청난 지참금을 받아들일 거라 보았기 때문이지. 하지만 동시에 당신은 그 지참금에 해당하는 금화 자루의 도난사건을 기획했거나 최소한 부추겼소. 설마 영국은행발 수송기에서 금화 자루가 저절로 혼자 떨어졌다고는 말 못 하겠지! 그때 내가 나섰기에 망정이지…… 이 모든 행태가 비열하고 변덕스럽다는 얘기올시다……"

"부차적인 문제일 뿐입니다. 소소한 것을 가지고 너무 침소봉대하지 마십시오, 뤼팽 선생. 솔직히 왕위와 관련한 내정문제는 그리 심각한 것이 아닙니다. 어쩌면 당신이 그 수혜자가 될 수도 있어요……"

"내가?"

"물론입니다. 당신이 레른 양을 사랑한다는 걸 내가 입에 올린다 해서 비밀폭로에 해당하진 않을 겁니다."

순간 아르센 뤼팽은 단호하게 말을 잘랐다.

"내 개인적 감정은 이 일과 무관하오!"

"이거 왜 이러십니까…… 그저 닥치고 자빠져 있기에는 나도 당신과 코라 두 사람을 충분히 관찰해온 사람입니다. 그녀는 옥스퍼드 공을 사랑하지 않아요. 그녀 역시 당신을 사랑하고 있습니다."

"제발 부탁입니다, 그만하시오⋯⋯"

그러나 괴로워하는 상대의 기색엔 아랑곳하지 않고 도슨 경은 얘기를 계속했다.

"도대체 왜 그녀를 억지로 결혼시키려는 겁니까? 왕관 써보는 행운을 누리게 하려고요? 당신은 자신을 희생시키고 있어요! 옥스퍼드 공 자리에 당신이 대신 들어서란 말입니다! 우리가 돕겠습니다. 네, 코라와 결혼하세요. 카베트가 말한 게 맞아요. 그가 무슨 짓, 무슨 말을 하고 다니는지 우리가 모르는 줄 압니까? 다스릴 왕국은 얼마든지 널려 있습니다. 당신은 동방의 어느 나라에서 아주 그럴듯한 친영국 성향의 국왕이 되는 겁니다. 그녀가 당신을 거쳐서 통치를 하는 셈이죠. 영국은 수많은 왕국을 세웠다 허물었다 할 능력이 있어요."

"말도 안 되는 소리! 아르센 뤼팽과 결혼하다니, 어느 여자인지 그 팔자 참 좋기도 하겠구려!"

"왜요, 내키지 않습니까?⋯⋯ 유감이군요! 당신이 조금은 더 현대적인 사람이라 생각했는데⋯⋯"

"아르센 뤼팽은 당신이 생각하는 그런 사람이 아니올시다. 그는 이타심 자체예요. 당신이 이기주의 그 자체이듯. 자, 자, 나는 첩보기관과는 상극인 존재입니다. 나는 신사적인 도둑인 데 반해, 당신네 최고 유능한 첩보원들은 도둑놈처럼 행동하는 신사들 아닙니까……"

"이쯤에선 당신 심기를 건드려야 정상일 텐데, 그게 잘 안 되는군요. 당신의 재치와 거침없는 태도 앞에선 도리가 없어요! 이제 얘기를 정리합시다. 제안을 거절하는 겁니까?"

"두말할 나위 없이 거절이오! 당신네 정책은 도처에 전쟁을 퍼뜨리는 걸 목표로 하고 있소. 반면 나는 전 세계 평화 정착에 일조하고 싶은 생각뿐이오. 그렇소, 내가 앞으로 몸 바쳐 추구할 야망이 바로 그것이오. 평화란 말로만 떠들지 않는다면 언제든 가능합니다. 평화가 세상을 지배할 날이 올 거예요. 그를 위해 나의 모든 것을 바쳐 기여할 생각입니다. 당신네 국민의 패권을 위해서가 아니라!"

도슨 경은 자리에서 일어나 짧게 물었다.

"그럼 서로 적이 되는 건가요?"

"굳이 그럴 필요 있겠소? 서로 다른 길을 갈 뿐이지."

"미리 말해둡니다만, 만에 하나 우리의 계획을 그르칠 각오로 당신이 앞에 나타난다면, 그땐 개인적 회한을 무릅쓰고, 당신처럼 유능한 적의 제거명령을 나로선 내리지 않을 수 없을 겁니다. 그러고 나서 가슴을 치며 애달파할 거예요. 그만큼 뤼팽 당신에게 호감을 느끼고 있으니 말입니다."

"피장파장이오, 도슨…… 다만 당신은 내 지시에 따라 제거될 걱정은 하지 않아도 될 거요. 나는 제거하지 않고, 단지 물러서게 할 뿐이니까. 내가 보기엔 그것이 더 섬세한 검술인 듯하오. 우리가 서로 다른 점이기도 하고. 언젠가 진보하는 세상 앞을 막아서는 당신을 보게 된다면, 나는 혁신의 미래를 알아보지 못하는 당신을 참으로 안타까워할 것이오. 그리고 고백하건대, 당신 같은 상대를 꺾어 넘어뜨리는 것에 혼신의 노력을 다할 것이오. 선조이신 뤼팽 장군이 그랬듯, 나는 대부분의 싸움에서 별로 져본 적이 없는 사람이오. 하물며 평화를 구하는 전쟁에서 패하지는 않을 거외다."

도슨 경은 회의적인 제스처를 취하며 중얼거렸다.

"뭐 그럴 수도……"

그러고는 악수를 청하며 말했다.

"부디 또 보지 않기를…… "

"아마 또 보게 될 거요."

도슨 경이 문 앞으로 다가서자 아르센 뤼팽이 다시 불러 세웠다.

"아 참, 내가 깜빡했구려…… 아까 내 회전마당의 설계도면을 구하고 싶다 말씀하신 것 같은데, 어렵지 않은 일이오. 당신에게 선물하고 싶소. 그걸로 혼쭐난 분에 대한 위로 차원에서 그 정도쯤이야……"

뤼팽은 서랍 속에서 두둑한 꾸러미를 꺼냈다.

"여기 있소."

도널드 도슨은 눈에 띄게 환해진 얼굴로 꾸러미를 덥석 받아 들더니 말했다.

"감사합니다! 당신은 진정한 신사예요! 현실감각이 다소 부족한 게 유감이지만……"

아르센 뤼팽은 그를 배웅하다 말고 검지를 치켜들더니, 이렇게 대꾸했다.

"이상理想이 그 이상以上 아름다운 걸 어쩌겠소!"

두 사람은 서로 웃으며 헤어졌다.

16
여자가 원하는 것은……

도슨 경이 떠난 뒤, 뤼팽은 한동안 허공을 응시한 채 묵묵히 서 있었다. 그리고 마침내 고개를 저으며 큰 소리로 외치듯 말했다.

"사랑이라……"

너무나도 유혹적인 생각을 쫓아내려는 듯 손을 휘젓더니, 그는 방 안을 이리저리 서성거리기 시작했다. 회중시계를 흘끔 보고 가구들을 이것저것 정돈한 뒤, 한참 동안 거울을 들여다보면서 손으로 머리를 쓸어넘겼다. 마지막으로 후딱 모자를 낚아채 밖으로 나갔다.

약속한 대로 자동차가 레른 저택 대문 앞 길가에서 기다리고 있었다. 그는 행선지 주소를 운전기사에게 건네고 훌쩍 올라탔다. 이따 오후에 다시 데리러 와줄 시간 약속을 정한 다음, 그는 어느 높다란 건물 앞에서 내렸다. 비좁은 층계 한 층을 전속력으로 뛰어 올라간 그는 하나뿐인 문의 초인종을 독특한 리듬으로 눌러댔다. 가슴이 쿵쾅거리고 있었다.

안에서 발소리와 함께 누군가의 목소리가 물었다.

"누구세요?"

"나요…… 괜찮아요……"

문이 열리고 하얀 캡을 쓴 노파가 나타났다. 뤼팽은 그녀의 어깨를 다정하게 토닥이며 말했다.

"잘 있었어요, 유모? 별일 없죠?"

"그래. 오, 하느님 감사합니다!"

"그 아가씨 얌전히 있죠?"

"지금 서재에 있단다. 애타게 기다리고 있을 거야."

신이 난 그는 책이 빽빽이 꽂혀 있는 정감 어린 작은 방으로 들어갔다. 코라는 환한 불빛 속에 상기된 얼굴로 서 있다가, 두 손을 뻗으며 그를 맞이했다.

"드디어 오셨군요!"

"아직 정오 안 됐습니다."

"알아요. 하지만 너무 걱정이 돼서……"

"내가 편안히 있으라고 그렇게 일렀는데……"

"당신이 위험할지 모르는데 제가 어떻게 편안할 수 있겠어요!…… 저 그래도 꼼짝 않고 얌전히 있었어요. 이런 말 하긴 부끄럽지만, 저녁도 잘 먹고 잠도 잘 자고…… 유모가 굉장한 요리사더군요. 아무튼 너무 편하고 아름다운 곳이에요!"

"이만하면 괜찮죠, 내 은신처? 깊이 생각을 할 필요가 있거나 잠깐 자취를 감춰야 할 때 이곳으로 기어들곤 합니다…… 출입구가 두 개 있는데, 하나는 보통 드나드는 문이고 다른 하나는 잇닿은 도로로 곧장 통하죠. 때에 따라 무척 편리하게 이용한답니다."

여자가 한숨을 내쉬며 대꾸했다.

"역시 수수께끼로군요! 항상 복잡해요! 그냥 정상적인 생활을 할 순 없나요?"

"그 '정상적인' 생활을 하다보면 난 지겨워서 아마 미칠 겁니다. 당신도 마찬가지 아니오?"

둘은 활짝 웃으며 의자에 앉았다. 여자가 문득 생각에 잠긴 목소리로 말했다.

"그런데도 우리 둘이 이렇게 앉아 평화롭게 얘기를 나누고 있으면, 당신이 그냥 평범한 일상을 누릴 줄 아는 보통 사람처럼 느껴져요…… 남들처럼 일하고 놀고 사랑하면서 내일을 꿈꾸는 그런 남자…… 어차피 환상이겠지만 그럴 땐 우리가 함께 지내다보면 당신이 정말 그런 사람이 될 수도 있겠다는 생각까지 드는 거예요…… 제가 착각하는 거겠죠?"

아르센 뤼팽이 부드럽게 중얼거렸다.

"아닐 겁니다……"

"그러니까 제 말은…… 인생의 험난한…… 아, 자꾸 잊어먹네…… 왜 있잖아요, 뭐라고 하죠?"

"인생의 험난한 산악지대?"

코라는 빙그레 웃으며 말을 이었다.

"그러게요…… 당신 인생의 험난한 산악지대가 제아무리 드세고 거칠어도……"

"푸른 계곡 역시 공존하는 게 산의 이치다…… 뭐 그런 얘긴가요?"

이쯤에서 뤼팽은 너무 내밀하게 흘러가는 대화를 툭 끊어버리고 가벼운 질문을 던졌다.

"그나저나 오늘 아침엔 여기서 무얼 하며 지냈나요, 코라?"

"피아노를 쳤어요. 악보서가에 쟁쟁한 작품들이 그득하더군요. 책도 읽었고요…… 무엇보다 정말 중요한 문제들을 곰곰이 생각해봤죠……"

"아하, 그거 재미있겠는데요…… 내게 얘기해줄 수 있겠죠?"

여자의 분위기가 갑자기 진지해졌다.

"당신한테 반드시 들려줘야 할 얘기예요…… 그보다 먼저 저랑 헤어진 다음에 벌어진 일들부터 얘기해주세요."

"오, 별것 없습니다. 그러니까…… 예상치 못한 일은 없었단 말이죠. 카베트가 당신 집에 왔다가 허탕만 쳤고, '살인마 트리오'는 당신도 보았던 그 방범장치에 걸려 혼쭐이 났죠."

"아이들은 시키는 대로 잘 따랐고요?"

뤼팽은 살짝 당황한 듯 짧게 대답했다.

"네. 아주 영리해요."

그러고는 곧장 이렇게 덧붙였다.

"사실 예상치 못한 일이 없었다는 말은 좀 과장됐고…… 뜻밖의 사건이 하나 있긴 했습니다. 뭐 엄청 놀랄 일은 아니지만…… 안쪽 마당에 도슨이 붙들려 있더라고요! 서재 진열장 속의 그 책을 훔치려고 잠입한 거예요."

"어머, 그럴 리가! 무슨 목적으로 그 책을?"

"아, 그게 말이죠, 그 친구가 겉보기와는 달리 껄렁한 속물이 아니었습니다. 그동안 우릴 완전히 속였더군요. 첩보기관의 수장이에요!"

"도널드가요?"

"네, 도널드 도슨. 당신한테 툭하면 수작이나 부리던 그 태평한 친구!"

"대체 무슨 얘기를 하시는 건지…… 정말이에요?"

"실은 방금 전 그 친구와 담판을 짓고 오는 길입니다."

뤼팽은 결심이 선 듯, 의자를 여자 쪽으로 바짝 당겨 앉았다.

"코라, 이제 놀랄 준비 단단히 하고 내 얘기 잘 들어요. 나 역시 당신을 속여왔습니다. 물론 선의의 목적에서요…… 지금 내가 소지한 신분증은 친구 앙드레 드 사브리 대위의 것이랍니다. 내 진짜 이름은 아르센 뤼팽이죠!"

한데 코라 드 레른의 얼굴엔 기뻐하는 표정뿐이었다.

"아, 너무 행복해요!"

"네? 행복하다뇨? '아르센 뤼팽'은 행복에서 제외된, 추방된 이름이라는 것을 모르나요?"

그는 벌떡 일어나 이리저리 서성이더니 디방 쪽으로 가서 털썩 주저앉았다.

코라가 조용히 다가가 옆에 앉았다. 그리고 가방에서 이미 누렇게 바랜 편지 한 장을 꺼내 그에게 내밀며 말했다.

"당신이 누구인지 알고 있었어요. 아버지가 죽기 전에 남긴 유서에서 이 부분을 한번 보세요."

너의 네 친구들 가운데 아무래도 그 유명한 아르센 뤼팽이 있는 것 같다. 모험을 즐기는 타입이라고는 하나, 나는 그걸 별로 문제라고 보진 않는다, 오히려 그 반대지! 현재 그는 가명을 빌려 자신을 숨기고 있다. 넷 중 누가 그 사람인지는 나도 알아내지 못했다. 그러니 네가 꼼꼼하게 살펴서 그 사람을 찾아내도록 해라. 그로부터 뜻하지 않은 도움을 받게 될 테니까. 그 역시 명예를 중시하는 존재란다.

"어떻게 생각하세요?"

"레른 공은 워낙 홀로 독립적인 삶을 사신 분이라, 웬만한 일에는 눈 하나 꿈쩍 안 하시는……"

여자가 덜컥 말을 끊었다.

"저는 그분을 닮고 싶어요! 더 아래쪽에는 이런 말도 쓰셨어요…… '행복할 줄 알아야 한다'. 정말 의미가 깊은 말이잖아요! 저는 이 충고를 열심히 따르기로 마음을 굳혔어요. 어제 이후로 저의 장래를 위한 결정을 더욱 확고히 다졌고요. 저는 반드시 당신과 결혼할 겁니다!"

"그건 불가능한 일입니다. 나는 결혼할 수 없는 몸이라고 이미 말했을 텐데요."

"왜죠? 당신의 신원이 문제인가요?"

뤼팽은 적잖이 당황하면서도 애써 농담을 했다.

"오호, 신원이라! 그런 걸로 방해받을 내가 아닙니다! 난 신원이 무수하게 많은 사람이에요! 이것저것 바꿔가며 사는걸요!"

"저는 당신의 진짜 신원 하나면 족해요. 당신의 아내로 사는 걸 자랑스러워할 거예요. 앙드레…… 아, 습관이 돼서 그만…… 혹시 아직도 당신을 앙드레라고 부르길 바라나요? 아무튼 당신을 사랑해요. 당신도 저를 사랑한다고 믿어요."

"이것 봐요, 코라, 내 눈동자를 이런 기쁨으로 반짝이게 만드는 건 정말 잔인한 짓입니다!"

"왜죠? 전 당신을 사랑해요! 혼신을 다 바쳐 사랑한다고요! 당신도 저를 사랑한다는 걸 부정하실 건가요?"

남자는 침묵을 유지했다. 여자가 거의 소리치듯 말했다.

"잔인한 짓을 하고 있는 건 바로 당신이에요! 당신 때문에 저는 미치겠다고요!……"

결국 울음을 터뜨리고 마는 코라.

그녀의 눈물을 보자 뤼팽도 더는 저항할 수가 없었다. 그는 더듬더듬 입을 열었다.

"아, 당신…… 사랑스러운 사람…… 그래요, 당신을 사랑하오! 더는 당신 없인 살 수 없어요. 당신을 보고 싶고, 당신 목소리를 듣고 싶어요. 그만큼 어여쁘고, 고상하고, 소중한 여인입니다. 난 오로지 당신만을 위해 살고 있어요. 네, 당신을 사랑합니다. 처음 본 그 순간부터 사랑했어요! 그 이후 내 머릿속은 온통 당신 생각뿐이었습니다. 나의 삶은 이제 당신 거예요. 당신 이전에 그 어떤 여자도 이토록 사랑해본 적이 없습니다. 그래요, 나는 당신을 사랑합니다! 당신이 그렇게 듣고 싶어하던 말이니, 이제 만족해도 돼요…… 하지만 결혼하자는 말만은 하지 말아요. 내가 그래선 안 됩니다."

코라는 환해진 얼굴로 대답했다.

"저를 여왕으로 만들기 위해서요? 또 그 케케묵은 유치한 망상! 진부하고 욕심 많은 에드먼드 옥스퍼드와 함께 살 바엔, 여왕이고 뭐고 다 집어치우겠어요! 그 사람은 전혀 슬퍼하지도 않을 겁니다. 영국의 양갓집 규수 하나 얼른 새로 고를 거예요. 그 사람 좋아하는 형식주의에 훨씬 잘 어울리고, 궁정 드나들며 사람들 앞에 얼굴 내미는 거 좋아할 그럴듯한 여자로 말이죠! 대신 저는 당신만의 여왕이 될래요. 그것이 제 유일한 야심이랍니다. 아 참, 팡탱의 꼬마들에게도 여왕이 되어주어야겠죠. 우린 레른 저택을 팔아치우고, 헤어폴 백작에게서 티윌 성을 사들일 거니까. 거기서 당신은 도시계획가와 교육자로서 캡틴의 활동을 다시 시작하는 거예요. 제가 도울게요. 파리의 이 은신처는 우리만의 별장으로 간직하도록 하고요. 우리가 서로 사랑을 고백한 추억의 장소인 셈이죠."

하지만 아르센 뤼팽은 여전히 우울한 목소리였다.

"모든 것이 너무 아름다워요…… 나를 위한 것이 아닙니다……"

"아직도 걸리는 것이 있나보죠? 아, 그 두 아이, 조제팽과 마리테레즈 때문인가요?"

남자가 움찔하는데도 아랑곳하지 않고 여자가 물었다.

"아닌 게 아니라, 그 아이들은 어떻게 됐어요?'

"팡탱으로 돌아갔습니다. 내가 돈을 좀 쥐여줬죠. 둘 다 내 참호에서 지낼 예정이고요. 조제팽은 이제 그곳에 없어서는 안 될 존재예요. 수련단의 교관 역할을 톡톡히 해내고 있죠."

여자가 부드럽게 말했다.

"이제 모든 걸 알겠어요. 어쩐지 조제팽이 당신을 닮았더라고요. 마리테레즈도 행동 하나하나 당신과 판박이고…… 어딘지 특별한 아이들이라고 생각했어요. 그런 건 전혀 문제되지 않아요. 당연히 제 마음에도 그 아이들을 위한 자리를 마련할 거예요. 우리 그 아이들을 입양하도록 해요!"

"아, 코라…… 사랑한다는 말로는 이제 도저히 내 마음을 표현 못 하겠소! 당신은 천사요, 카모르 양…… 레른 공이 비극적으로 돌아가신 후, 한동안 사람들이 문학작품에서 따온 그 이름으로 당신을 불렀던 것 기억납니까?"

"저는 까마득히 잊고 있었어요! 재밌네요…… 자, 이제 정신 차리고 대답해봐요. 수락하는 거죠?"

"내가 졌습니다. 지는 데 워낙 익숙지 못해서 탈이지만…… 그만큼 당신을 미치도록 사랑한다는 뜻이겠죠……"

그는 여자를 와락 끌어안았다. 코라가 그의 어깨에 머리를 맡기자 기나긴 키스가 이어졌다.

남자가 자세를 추스르며 중얼거렸다.

"코라, 실은 당신 입술에 취했던 기억을 가슴 깊이 간직하고 있었어요. 기억나요, 당신이 그 입술을 내게 허락했던 날? 납치당했을 때였죠?"

여자가 얼른 고쳐 말했다.

"구출됐을 때죠. 그때도 당신이 아니었다면…… 아, 당신 사랑해요!"

"내 여자, 내 사랑……"

그는 다시 여자를 끌어안았다. 한데 별안간 포옹을 풀더니 수심 어린 표정으로 말하는 것이었다.

"한 가지 해결할 문제가 남아 있군요…… 그 금화 자루들!"

"금화야 납골당에 쏟아부은 그대로 있겠죠. 그걸 어쩔 건데요?"

"난 그걸 원치 않아요. 아, 이런, 아직도 그걸 가지고 있다니! 난 당신 말고는 아무것도 필요치 않습니다. 당신 소유로 되어 있는 레른 저택만으로도 이미 도를 넘었어요……"

"무슨 말인지 알겠어요…… 안심해요. 건물은 저당 잡혀 있으니까……"

"그 지참금은 아무래도 해링턴 경 앞으로 돌려보내는 것이 깔끔하겠어요. 부디 이 나라로 건너올 때보다는 수월하게 영국으로 돌아갈 수 있으면 좋겠군요."

"지금 농담하는 거죠? 그건 안 돼요! 당신은 이미 가진 재산의 대부분을 과학 연구에 기부했어요. 그 금화는 앞으로 우리가 해나갈 일에 필요할 거예요. 그러니 저한테 맡기세요. 미래를 위해 저축해두는 거예요."

"좋아요. 단, 원금과 이자 모두 결국에는 이웃을 위해 사용하는 겁니다!"

"약속했어요. 이제 금화 문제도 해결된 셈이고…… 아, 앙드레, 우리가 함께 꾸려갈 아름다운 삶을 생각해봐요!"

여자가 다시 남자의 품에 안기려는 찰나, 이번에는 노크 소리가 들려왔다. 서재 문이 반짝 열리면서 늙은 유모의 모습이 보였다. 그녀가 무뚝뚝하게 말했다.

"준비됐다. 수플레 다 만들어졌어. 식으면 맛없어요……"

"알았어요, 그만 좀 투덜대쇼! 그보다 깜짝 놀랄 소식이 있으니 들어봐요, 유모. 나 결혼합니다!"

뤼팽의 말에 노파의 반응은 간단했다.

"이제야 정신 차렸나보네."

그는 코라를 가리키며 덧붙였다.

"바로 이 아가씨와 나, 우리 둘이 결혼하는 거라고요!"

그제야 노파는 활짝 웃는 얼굴로 젊은 여자에게 다가왔다.

"돌봐야 할 젖먹이가 둘로 늘어난 셈이네. 앞으로 잘 보살펴드리리다, 색시."

뤼팽은 코라에게 깍듯이 한쪽 팔을 내어주며 말했다.

"행복은 허기를 가져다주는 법. 자, 이제 점심 먹으러 갑시다! 당신, 밤새 벌어진 일들하며 내가 도널드 도슨과 나눈 대화내용, 궁금하지 않아요? 더 자세하게 이야기해주리다!"

그런 다음 고개를 기울여 아리따운 아가씨의 풍성한 머리채에 입술을 살짝 스쳐보더니 이렇게 속삭이는 것이었다.

"그것이 아르센 뤼팽의 마지막 모험인지는 모르겠지만, 그의 마지막 사랑, 유일한 러브스토리인 것만은 분명하니까!……"

아르센 뤼팽이 남긴 '마지막 보물'

신비스러운 원고

내 앞에는 지금 160쪽 분량의 타자 원고 사본이 놓여 있다. 조각조각 희미해진 활자들이 오랜 세월의 경과를 말해준다. 선을 그어 지우고, 새로운 단어를 삽입해가며 문장을 다듬고 교정한 70대 노인의 마지막 손길이 이곳저곳에 스며 있다. 어떤 부분은 바로 어제 박아 넣은 글자처럼 또렷한 데 반해, 돋보기를 들이대고 한참을 들여다보아야 간신히 살아 돌아올 만큼 흐릿해진 대목도 허다하다. 한 자 한 자 옮겨내는 내 가슴이 뛰지 않을 수 없다. 분명한 것은, 현재까지 이 작품의 존재를 직접 육안으로 확인한 사람이 전 세계를 통틀어 열 명 내외일 거라는 사실! 나는 어떻게 이 원고를 손에 넣게 되었는가…… 그것은 밝힐 수 없다. 오, 아니다. 도둑질을 했거나 비합법적인 수단을 동원해 원고를 손에 넣는, '우아하지 못한 짓'을 저지른 건 아니니 안심하라. 너무나도 꿈만 같고 드라마틱한 과정을 거쳐 손에 들어온 소중한 원고의 사연을 이번만큼은 나 혼자만의 근사한 비밀로 간직하고 싶을 뿐이니까.

1937년, 일흔두 살의 모리스 르블랑은 심각한 뇌혈관 질환을 앓고 있었다. 그럼에도 불구하고, 아니 그럴수록 더욱 악착같이, 그는 장편 두 작품의 마무리 작업에 매달렸다. 1934년부터 집필에 들어갔으나 건강 문제로 파리, 니스, 에트르타를 오가며 더디게 진행해오던 『아르센 뤼팽의 수십억 달러 *Les Milliards d'Arsène Lupin*』와 『아르센 뤼팽의 마지막 사랑 *Le Dernier amour d'Arsène Lupin*』. 악전고투하는 노인의 옆에는 며느리인 드니즈가 지키고 앉아 물심양면 돕고 있었다. 하지만 1939년 『수십억 달러』만이 〈로토〉에 연재되어 빛을 보기 시작했고, 또다른 작품 원고는 사망할 때까지 모리스 르블랑 자신만 아는 가구 속 어느 곳에 틀어박혀 잊힐 운명에 처한다. 훗날 아들 클로드 르블랑의 입을 통해, 그때 미처 발표되지 못한 아버지의 또다른 소설 제목이 불분명하게나마 가끔 환기되기도 했으나, 사람들은 그것이 『수십억 달러』의 가제였던 '아르센 뤼팽 대 마피아'를 일컫는 것이려니 넘겨짚고 만다. 결국 시리즈의 대미를 장식하는 작품이 『아르센 뤼팽의 수십억 달러』임을 누구도 의심하지 않은 채 반세기가 흘러갔고, 1996년에 이르러서야 이런 모든 상황을 거짓말처럼 발칵 뒤집는 사건이 벌어지는데…… 오랜 세월 모리스 르블랑과 아르센 뤼팽을 연구해온 자크 드루아르 교수가 자료를 조사하던 중, 르블랑 가문의 한 서류함에서 의문의 낡은 타자 원고 꾸러미를 발견한 것! 말 그대로 수세기 감춰져온 기암성의 보물을 발견한들 그 순간의 감격에 비할까!

천신만고 끝에 2009년 이 귀한 원고의 사본을 입수한 순간, 내게 복받친 감격도 그와 다르지 않았다. '카모르 양 Mademoiselle de Camors'이라는 부제를 달고 있는 작품에 대한 단편적인 정보는 그간 몇몇 뤼팽 연구서를 통해 접하고 있었으나, 전체 내용을, 그것도 저자의 교정 흔적까지 고스란히 담은 원고를 통해 감상하는 기쁨은 무엇에도 비할 수 없었다. 다만 한국의 뤼피니앵 독자에게 그 전모를 소개하는 시점을 언제쯤으로 정할지가 고민할 문제였다. 저자 자신이 미처 발표하지 못하고 세상을 뜬 원고이기에, 아르센 뤼팽이 마지막으로 남긴 '보물'은 우선 그의 조국 프랑스의 것이 되어야겠기에, 번역자로서는 피할 수 없는 고민과 갈등이었다. 그러던 것이 올해 초, 모리스 르블랑 사후 70주기를 맞아 유족이 마침내 작품 공개를 결정했다는 소식이 들려왔다. 자크 드루아르를 비롯한 연구가들이 끈질기게 설득한 결과였다. 반세기가 넘도록 그 존재조차 알려지지 않은 채 철저한 어둠 속에 묻혀 있다가, 지난 십여 년 몇몇 선택된 자들만이 진수를 맛보았을 이 작품은 오는 5월 중순을 기해 세상에 공개된다. 한국의 독자는 세계에서 유일하게 프랑스의 독자와 동시에 그 기쁨을 누리는 셈이다!

아르센 뤼팽 시리즈의 진정한 가치

19세기 후반 영국과 프랑스, 더 정확하게는 런던과 파리라는 대도시를 무대로 화려하게 꽃 피어난 추리문학이 과학만능의 실증주의 사조에 절대적으로 영향받았음을 감안할 때, 아르센 뤼팽 시리즈가 추리문학 역사에서 차지하는 독보적 위상은 단연 타의 추종을 불허한다. 근대 부르주아 사회의 복잡하고 비정한 생리와 그 속을 헤쳐가는 인간군상의 적나라한 모습에 과학적 메스를 갖다 댄 것이 사실주의 및 자연주의 소설들이었다면, 그 중에서도 인간의 탐욕이 빚어낸 범죄와 그 해결의지에 초점을 맞춤으로써 새롭게 각광받기 시작한 것이 바로 추리소설이기에, 뒤팽, 르코크, 셜록 홈스에 이르는 역대 추리소설의 주인공들은 너나 할 것 없이 과학만능주의의 아들이었다. 그런 흐름의 한복판에 아르센 뤼팽이라는, 천상 의문부호일 수밖에 없는 존재가 '내가 주역이오' 하며 불쑥 등장했으니, 그 충격이야 오죽했을까! 아르센 뤼팽 시리즈가 당시로선 얼마나 색다른 미학을 바탕으로 한 추리문학이었는지는 모리스 르블랑이 남긴 다음 글을 통해 어느 정도 짐작할 수 있다.

솔직히 말해 요즘 유행하는 일부 탐정의 거의 수학적인 추론이라든가 아주 정교하게 도출된 추리의 엄격한 방법들은 소위 '논점선취의 오류(논증해야 할 것을 도리어 전제로 삼는 오류)'에 거의 전적으로 의존하고 있으며, 진정 현실적인 요인들은 애써 외면한 채 조작되고 취사선택된 몇 가지 사실들을 근거로 하고 있다.

내가 얘기하고자 하는 추리작가로서의 진정한 오락과 재능은 사실 그런 것이 아니다. 그것은 알렉상드르 뒤마와 조르주 상드의 놀랄 만한 작품들 이후, 너무도 푸대접을 받아온 상상력의 거리낌 없고 자유분방한 활용에 있는 것이다. 이제 그 고삐 풀린 상상력은 화려한 재기의 용트림을 하고 있으며, 오늘날 수많은 소설가들이 자신의 작품을 살찌우기 위해 그 매력에 적극 호소하고 있는 실정이다. 생각해보라, 상상한다는 것의 기막힌 즐거움을! 상상력의 변덕스런 흥취에 마음껏 젖어들고, 애매한 꿈을 통해 서서히 모습을 갖춰가는 유령들과 맘껏 노니는 즐거움을 말이다!*

---

* 『기암성』을 발표한 해인 1909년 7월 1일자 〈피가로〉지에 실린 글.

하긴 과학적 실증주의가 대세였던 19세기 후반을 뛰어넘어 '벨 에포크'라는 시대는 인간의 가능성에 대한 꿈의 도약이 주류였고, 아르센 뤼팽이야말로 그 '미친' 시대의 총아였으니……

그런 뜻에서 아르센 뤼팽의 개성을 분석하는 용어 중에 '파나슈panache'만큼 함의가 풍부한 단어도 없을 것이다. '파나슈'란 투구나 군모의 풍성한 깃털장식을 일컫는데, 어떤 인물의 화려한 기개랄지 위풍당당함, 어느 상황에서도 기죽지 않는 용기를 비유하는 말이기도 하다. 거칠고 비장한 용기가 아니라 여유만만한 유머감각을 갖춘 호쾌한 용기 말이다. 『아르센 뤼팽의 마지막 사랑』에 등장하는 뤼팽의 모습에서도 그런 '파나슈'의 매력은 유감없이 그려지고 있다. 치고받는 식의 재치 있는 대화에서는 금방이라도 지면을 찢고 뛰쳐나올 듯 생생한 패기가 그대로 와 닿는다. 아득한 과거 역사를 현재화하는 대범한 스케일이랄지, 보물찾기와 퍼즐게임, 그 과정을 교란하는 예상치 못한 비틀기와 가짜 단서들이 주는 재미도 여전하다. 아, 그리고…… 그의 사랑이란!……

2012년 봄
성 귀 수

1864년   프랑스 루앙 출생. 양털가공 및 유통업에 종사하는 유복한 집안에서 월터 스콧, 발자크, 위고, 뒤마와 쥘 베른의 책들을 주로 읽으며 성장했다.

1880년   노르망디 전역을 자전거로 여행. 이때 섭렵한 에트르타 절벽, 쥐미에주 수도원, 센 강 어귀의 여러 지역들, 생트-방드리유의 폐허들이 그의 작품들에 끊임없이 등장한다. 루앙 태생의 작가 플로베르의 흉상 제막식에 참석한 문인들의 모습에 감명을 받고, 노르망디 출신의 유명 작가가 되기로 결심한다.

1889년   가업 승계를 권유하는 아버지의 바람과는 달리 문학에의 꿈을 굳힌 그는 파리에 둥지를 튼다. 에른스틴 랄란과 결혼. 딸 마리-루이즈 출생. 심리학적인 분위기가 물씬 풍기는 첫 콩트집 『커플들 *Des Couples*』을 발표하지만 큰 주목을 받지 못함.

1892년   소설가 마르셀 프레보에 의해 당대 문화 분야에서 최고 권위를 자랑하는 신문 〈질 블라스〉에 소개됨. 신문에 콩트들을 연이어 발표.

1893년   〈질 블라스〉지에 첫 장편소설 『어떤 여자 *Une Femme*』 연재. 플로베르의 『마담 보바리』와 모파상의 『여자의 일생』에서 영감을 얻었다. 쥘 르나르와 레옹 블루아, 알퐁

스 도데 등이 극찬하지만 상업적 성공을 거두진 못했다.

1894년   자전거 여행에 탐닉한 신여성의 이야기를 담은 소설 『그녀 *Elle*』 발표.

1895년   첫 아내와 이혼. 문학보다는 시사 문제에 개방적인 〈에코 드 파리〉에 기고.

1896년   꿈이나 신경증 같은 묘한 심리상태에 대한 남다른 취향을 드러내는 『신비의 시간들 *Les Heures de mystère*』 발표.

1897년   소설 『아르멜과 클로드 *Armelle et Claude*』와 『날개를 펴다 *Voici des ailes*』 발표.

1898년   드레퓌스 반대파에 가담. 같은 진영 내에서도 자주 반론을 제기.

1899년   1838년 발자크 주도로 결성된 '문인협회 La Société des Gens de Lettres'에 입회. 자전소설 『열광 *Enthousiasme*』 발표.

1902년   아들 클로드를 낳은 마르그리트 보름제와의 혼인 문제로 심리적 위기, 건강 악화. 안정적인 수입을 보장해줄 글을 쓰기로 결심한다.

1905년   신간 잡지 〈주세투 *Je sais tout*〉의 편집장 피에르 라피트의 제의로 추리 모험소설을 집필하기로 결심. 1905년 7월, 조르주 르루의 삽화를 곁들인 「아르센 뤼팽 체포되다 *L'Arrestation d'Arsène Lupin*」를 연재. 「감옥에 갇힌 아르센 뤼팽 *Arsène Lupin en prison*」 등을 연이어 발표.

1906년   「아르센 뤼팽 탈출하다 *L'Évasion d'Arsène Lupin*」 발표.

오랜 연애 끝에 마르그리트 보름제와 결혼.

1907년   '문인협회' 위원으로 선출. 작가들의 권익 옹호 주장. 아르센 뤼팽 단편들을 모아 『괴도 신사 아르센 뤼팽*Arsène Lupin gentleman-cambrioleur*』 출간. 그해 여름 최대의 성공을 거둠.

1908년   아르센 뤼팽을 소재로 한 영화 〈괴도 신사 *The Gentleman Burglar*〉 제작. 〈주세투〉에 『기암성 *L'Aiguille creuse*』 연재 시작.

1909년   〈르 주르날 *Le Journal*〉지에 『813의 비밀 *Huit cent treize*』 연재 시작. 이후 20여 년간 연재를 이어옴.

1910년   연극으로 각색된 『뤼팽 대 홈스의 대결 *Arsène Lupin contre Herlock Sholmès*』 샤틀레 극장에서 초연.

1912년   〈르 주르날〉지에 『수정마개 *Le Bouchon de cristal*』 연재. 모파상의 영향이 묻어나는 콩트집을 발표. 자신이 아르센 뤼팽의 창조자로만 유명한 것에 대해 불만을 토로.

1915년   나이 문제로 1차 세계대전에 참여할 수 없게 되자, 〈르 주르날〉지에 애국적인 내용의 『포탄 파편 *L'Eclat d'obus*』을 발표. (이후에도 아르센 뤼팽 시리즈는 계속 발표된다.)

1916년   피에르 라피트로부터 뤼팽 시리즈의 판권을 사들인 아셰트 사가 그간의 아르센 뤼팽 시리즈를 대량으로 출간하기 시작.

1920년   『발타자르의 기상천외한 인생 *La Vie extraordinaire de Balthazar*』으로 새로운 히어로를 창조하려 했으나 실패.

1921년	아르센 뤼팽 시리즈가 프랑스인의 애국심과 자존심을 크게 고취시킨 공로를 인정받아 레지옹 도뇌르 훈장 수훈.
1924년	여동생 조르제트를 염두에 둔 소설 『초록 눈동자의 아가씨 *La Demoiselle aux yeux verts*』 출간.
1930년	〈르 주르날〉지에 『바리바 *La Barre-y-va*』 연재.
1934년	영화 〈아르센 뤼팽 *Arsène Lupin*〉이 미국에서 개봉. 르블랑은 "그 어디에도 뤼팽의 면모가 보이지 않는다"며 혹평.
1935년	『백작부인의 복수 *La Cagliostro se venge*』 발표.
1936년	뤼팽 시리즈 라디오 연속극으로 편집.
1941년	폐울혈로 사망.
1981년	라루스 작가사전에 이름이 등재됨.

『괴도 신사 아르센 뤼팽 *Arsène Lupin, Gentleman Cambrioleur*』| 작품집 | 1907년 6월

1. 「아르센 뤼팽 체포되다 *L'Arrestation d'Arsène Lupin*」| 단편 | 1905년 7월

2. 「감옥에 갇힌 아르센 뤼팽 *Arsène Lupin en prison*」| 단편 | 1905년 12월

3. 「아르센 뤼팽 탈출하다 *L'Évasion d'Arsène Lupin*」| 단편 | 1906년 1월

4 . 「수상한 여행객 *Le Mystérieux voyageur*」| 단편 | 1906년 2월

5. 「왕비의 목걸이 *Le Collier de la reine*」| 단편 | 1906년 4월

6. 「세븐 하트 *Le Sept de coeur*」| 단편 | 1907년 5월

7. 「마담 앵베르의 금고 *Le Coffre-fort de Madame Imbert*」| 단편 | 1906년 5월

8. 「흑진주 *Le Perle noir*」| 단편 | 1906년 7월

9. 「셜록 홈스, 한발 늦다 *Sherlock Holmes arrive trop tard*」| 단편 | 1906년 6월

『뤼팽 대 홈스의 대결 *Arsène Lupin contre Herlock Sholmès*』| 작품집 | 1908년 2월

1. 「금발의 귀부인 *La Dame blonde*」| 장편 | 1906년 11월~1907년 4월 연재

2. 「유대식 램프 *La Lampe juive*」| 중편 | 1907년 9월~10월 연재

『기암성 *L'Aiguille Creuse*』| 장편소설 | 1908년 11월~1909년 5월 연재

『813의 비밀 *Huit cent treize*』| 장편소설 | 1910년 3월~5월 연재

『수정마개 *Le Bouchon de cristal*』 | 장편소설 | 1912년 9월~11월 연재

『아르센 뤼팽의 고백 *Les Confidences d'Arsène Lupin*』 | 작품집 | 1913년 6월
1. 「거울놀이 *Les Jeux du soleil*」 | 단편 | 1911년 4월
2. 「결혼반지 *L'Anneau nuptial*」 | 단편 | 1911년 5월
3. 「그림자 표시 *Le Signe de l'ombre*」 | 단편 | 1911년 6월
4. 「지옥의 함정 *Le Piège infernal*」 | 단편 | 1911년 7월
5. 「붉은 실크 스카프 *L'Écharpe de soie rouge*」 | 단편 | 1911년 8월
6. 「배회하는 죽음 *La Mort qui rôde*」 | 단편 | 1911년 9월
7. 「백조의 자태를 지닌 여인 *Édith au cou de cygne*」 | 단편 | 1913년 2월
8. 「지푸라기 *Le Fétu de paille*」 | 단편 | 1913년 1월
9. 「아르센 뤼팽의 결혼 *Le Mariage d'Arsène Lupin*」 | 단편 | 1912년 11월 ~12월 연재

「암염소 가죽옷을 입은 사나이 *L'Homme à la peau de bique*」 | 단편 | 1912년

『포탄 파편 *L'Eclat d'obus*』 | 장편 | 1915년 9월~11월 연재

『황금 삼각형 *Le Triangle d'or*』 | 장편 | 1917년 5월~7월 연재

『서른 개의 관 *L'Île aux trente cercueil*』| 장편 | 1919년 6월~8월 연재

『호랑이 이빨 *Les Dents du tigre*』| 장편 | 1920년 8월~10월 연재

『여덟 번의 시계 종소리 *Les Huit coups de l'horloge*』| 작품집 | 1923년 7월

1. 「망루 꼭대기에서 *Au Sommet de la tour*」| 단편 | 1922년 12월
2. 「물병 *La Carafe d'eau*」| 단편 | 1922년 12월
3. 「테레즈와 제르맨 *Thérèse et Germaine*」| 단편 | 1922년 12월~1923년 1월
4. 「영화 속의 단서 *Le Film révélateur*」| 단편 | 1923년 1월
5. 「장 루이 사건 *Le Cas de Jean-Louis*」| 단편 | 1923년 1월
6. 「도끼를 든 귀부인 *La Dame à la hache*」| 단편 | 1923년 1월
7. 「눈 위의 발자국 *Des Pas de la neige*」| 단편 | 1923년 1월
8. 「메르쿠리우스 신상神像 *Au dieu Mercure*」| 단편 | 1923년 1월

『칼리오스트로 백작부인 *La Comtesse de Cagliostro*』| 장편 | 1923년 12월~1924년 1월 연재

『초록 눈동자의 아가씨 *La Demoiselle aux yeux verts*』| 장편 | 1926년 12월~1927년 1월 연재

『바르네트 탐정사무소 *L'Agence Barnett et Cie*』| 작품집 | 1928년 2월

1. 「진주알들의 행방 *Les Gouttes qui tombent*」| 단편 | 1927년 10월

2. 「조지 왕의 연애편지 *La Lettre d'amour du roi George*」| 단편 | 1928년 2월

3. 「바카라 게임 *La Partie de baccara*」| 단편 | 1928년 2월

4. 「금이빨을 한 사나이 *L'Homme aux dents d'or*」| 단편 | 1928년 2월

5. 「베슈의 아프리카 탄광 주식株式 *Les Douze Africaines de Béchoux*」| 단편 | 1927년 11월

6. 「우연이 기적을 만들다 *Le Hasard fait des miracles*」| 단편 | 1928년 1월

7. 「흰 장갑, 하얀 각반 *Gants blancs, guêtres blanches*」| 단편 | 1928년 2월

8. 「베슈, 짐 바르네트를 체포하다 *Béchoux arrête Jim Barnett*」| 단편 | 1928년 2월

『불가사의한 저택 *La Demeure mystérieuse*』| 장편 | 1928년 6월~7월 연재

『바리바 *La Barre-y-va*』| 장편 | 1930년 8월~9월 연재

「에메랄드 반지 *Le Cabochon d'émeraude*」| 단편 | 1930년 11월

『두 개의 미소를 지닌 여인 *La Femme aux deux sourires*』| 장편 | 1932년 7월~8월 연재

『강력반 형사 빅토르 *Victor de la brigade mondaine*』| 장편 | 1933년 6월~7월 연재

『백작부인의 복수 *La Cagliostro se venge*』| 장편 | 1934년 7월~8월 연재

『아르센 뤼팽의 수십억 달러 *Les Milliards d'Arsène Lupin*』| 장편 |
1939년 1월~2월 연재

『아르센 뤼팽의 마지막 사랑 *Le Dernier amour d'Arsène Lupin*』| 장
편 | 2012년 5월 | 프랑스-한국 동시 발표

지은이 **모리스 르블랑**

1864년 프랑스 루앙 출생. 피에르 코르네유 고등학교 졸업 후 파리에 정착해 작품 활동을 시작했다. 〈주세투〉지의 편집장 피에르 라피트의 제안으로 아르센 뤼팽 시리즈를 집필하기 시작했다. 1905년, 단편「아르센 뤼팽 체포되다」를 시작으로 30여 년간 시리즈를 이어나갔다. 아르센 뤼팽 시리즈로 프랑스 국민의 애국심과 자존심을 고취시킨 공로를 인정받아 1921년 레지옹 도뇌르 훈장을 받았다. 1941년 폐울혈로 사망했다.

옮긴이 **성귀수**

시인. 전문번역가. 시집으로『정신의 무거운 실험과 무한히 가벼운 실험정신』을 발표했으며『오페라의 유령』『팡토마스 시리즈』를 포함한 다수의 역서가 있다. 2003년 국내 최초로 완역해서 펴낸『아르센 뤼팽』전집은 프랑스에서도 이루지 못한 완간본으로 유명하다. '아시아의 뤼팽 전문가' 자격으로 아르센 뤼팽 시리즈의 미발표 유작 원고를 입수하였으며, 프랑스 출간을 계기로 2012년 번역 소개하기에 이르렀다.

문학동네 세계문학

아르센 뤼팽의 마지막 사랑

1판 1쇄 2012년 5월 15일 | 1판 2쇄 2021년 4월 1일

지은이 모리스 르블랑 | 옮긴이 성귀수
책임편집 김미혜 | 편집 김이선 이은현
디자인 엄혜리 강혜림 | 저작권 한문숙 김지영 이영은
마케팅 정민호 정진아 김혜연 정유선
홍보 김희숙 김상만 함유지 김현지 이소정 이미희 박지원
제작 강신은 김동욱 임현식 | 제작처 한영문화사

펴낸곳 (주)문학동네 | 펴낸이 염현숙
출판등록 1993년 10월 22일 제406-2003-000045호
주소 10881 경기도 파주시 회동길 210
전자우편 editor@munhak.com | 대표전화 031) 955-8888 | 팩스 031) 955-8855
문의전화 031) 955-8896(마케팅) 031) 955-8860(편집)
문학동네카페 http://cafe.naver.com/mhdn | 트위터 @munhakdongne
북클럽문학동네 http://bookclubmunhak.com

ISBN 978-89-546-1824-3 03860

www.munhak.com